나는 학교에 가지 않았다

우리학교 소설 읽는 시간
나는 학교에 가지 않았다

초판 1쇄 펴낸날 2025년 12월 10일

지은이 정연철
펴낸이 홍지연

편집 홍소연 김선아 김영은 이예은 차소영 조어진 서경민
디자인 이정화 박태연 정든해 이설
마케팅 강점원 원숙영 김가영 김동휘
저작권 한지훈
경영지원 정상희 배지수

펴낸곳 ㈜우리학교
출판등록 제313-2009-26호(2009년 1월 5일)
제조국 대한민국
주소 04029 서울시 마포구 동교로12안길 8
전화 02-6012-6094
팩스 02-6012-6092
홈페이지 www.woorischool.co.kr
이메일 woorischool@naver.com

ⓒ정연철, 2025
ISBN 979-11-6755-360-7 43810

• 책값은 뒤표지에 적혀 있습니다.
• 잘못된 책은 구입한 곳에서 바꾸어 드립니다.

만든 사람들
편집 조어진
디자인 이설

프롤로그　　　　　　　7

1. 데몬스와 좀비　　　11
2. 일반 쓰레기　　　　20
3. 빵 부스러기　　　　31
4. 동영상 업로드　　　45
5. 사고　　　　　　　65
6. 개구리 왕자　　　　77
7. 기억　　　　　　　92

차례

8. 나는 학교에 갔다	98
9. 습격	106
10. 붕어빵 손난로	119
11. 나는 학교에 가지 않았다	131
12. 수신 메시지: 괜찮아?	144
13. 좀비와 랑켄	148
14. 짧은 인사	158
15. 수평선	168
16. 발신 메시지: 괜찮아?	174
17. 온기	190
18. 선택의 무게	197

작가의 말   202

프롤로그

나를 둘러싼 주변이 다시 소란스러워졌다. 무심코 고개를 들어 앞을 바라보았다. 와이퍼가 쉴 새 없이 움직이며 차 앞 유리에 흐르는 빗물을 닦아 냈지만 역부족이었다. 자동차 바깥 세상은 빗물에 번져 뭉개졌다.

엄마는 교차로에서 좌회전 깜빡이를 켜 둔 채 신호 대기 중이었다. 빗줄기가 차 지붕에 화살처럼 꽂혔다. 왠지 모르게 불안해졌다. 그리고 초록불 신호가 떨어지자마자 차는 앞으로 쭉 미끄러져 갔다. 그때였다.

"빵빵!"

맞은편에서 덤프트럭이 과속으로 돌진해 오다가 급정거했다. 당황한 엄마는 속도를 높이며 질주해 갔다. 브레이크를 밟는다는 게 액셀러레이터를 밟은 모양이었다.

"엄마!"

클랙슨 소리가 날카롭게 울렸다. 헤드라이트 불빛에 눈이 부셨다. 차체가 심하게 흔들렸다. 엄마가 급하게 핸들을 틀면서 몸이 왼쪽으로 확 쏠렸다. 순간 안전벨트를 매야 한다는 생각이 들었지만 늦었다. 끼이이이익, 쿵쾅! 그리고 암흑천지.

교통사고였다. 뉴스에서는 시도 때도 없이 교통사고로 인한 사망 사건을 보도했지만 미국을 강타한 허리케인이나 마피아의 총기 난사 혹은 어느 동네 상공에서 발견되었다는 유에프오 소식만큼 피부에 와닿지 않았다. 더군다나 우리 가족, 특히 내가 사고의 당사자가 될 거라고는 조금도 상상해 본 일이 없었다.

차는 가로수를 들이받고 인도로 튕겨져 올라갔다가 다시 콘크리트 건물 벽에 부딪혔다. 내 몸은 붕 떴고 차 밖으로 튕겨 나갔다. 피가 얼굴로 쏠리고 장기의 위치가 뒤바뀌는 것 같았다. 왼쪽 관자놀이와 이마, 그리고 무릎과 다리에 예리한 통증이 찾아왔다. 몸이 바들바들 떨렸고 호흡은 불편했다. 이 고통이 사라질 수 있다면 악령에게라도 영혼을 팔고 싶었다.

언젠가 웹툰에서 보았던 글이 기억난다. 죽음에 직면했을 때 인생의 주요 장면들이 주마등처럼 스친다고. 지금 이 순간, 그딴 건 없다. 머리는 텅 비었고 아무 생각도 나지 않는다. 다만 하염없이 몸이 까라진다. 그럼 난 죽지 않는 건가? 유치하게도 그런 생각에 안도했던 것 같다. 그리고 머릿속에서 떠나지 않는 질문 하나. 도대체 왜 나한테 이런 일이 생긴 걸까? 내가 잘못 살았나? 지난날을 되새겨 보려다가 포기한다. 몸이 오징어가 된 것처럼 흐물흐물해진다.

"우제야, 우제야, 괜찮니?"

엄마가 나를 부르다가 비명을 지른다.

"임우제, 정신 차려!"

이번엔 아빠가 소리를 지르며 다급하게 나를 흔들어 깨운다. 내 입안을 채운 말들은 밖으로 빠져나오지 못한다.

빗줄기가 화살처럼 몸을 뚫을 듯 내리꽂힌다. 얼굴과 다리에 뜨거운지 차가운지 분간하기 힘든 뭔가가 흐른다. 빗물이 아닌 것만은 확실하다. 온몸에 힘이 빠지고 잠이 쏟아진다. 어렴풋이 응급차 소리가 들리고 나는 눈꺼풀을 닫는다. 그리고 또 묻는다. 나한테 왜 이런 일이 생긴 걸까?

1. 데몬스와 좀비

동서고금 남녀노소를 막론하고 흔해 빠진 게 삼총사 얘기다. 지금 이 순간에도 끊임없이 확대 재생산되고 있을 게 분명하다. 모양 빠지게 그 흐름을 좇아 따라 한 건 아니고, 어쩌다 보니 삼총사가 되어 있었다. 석근수와 하유찬 그리고 나 임우제. 우린 정의감에 사로잡혀 영웅 놀이나 일삼는 기존의 삼총사가 아니었다. 인생 뭐 있나. 내가 쥔 칼을 맘껏 휘두르고 흥청망청 돈 쓰면서 희희낙락 사는 게 장땡이지.

괜히 선생님들 눈에 띄면 귀찮아질 거라는 판단에 삼총사 결성은 비밀에 부쳤다. 우리는 온갖 스트레스를 만만한 애들 괴롭히는 걸로 해소했고 그걸 비공개 유튜브 채널 '데몬스'에 업로드했다. 영상이 미칠 파장에 대한 깊은 고민은 없었다. 작전을 짜면

즉각 실행에 옮겼다. 우리의 장난에 놀아난 누군가가 심하게 화를 내거나 불안에 떨면, 숨어서 혹은 대놓고 쾌재를 불렀다. 따지고 들면 영상을 전체 공개로 확 풀어 버린다고 협박했다. 어느 순간 애들 사이에서 우리 셋은 '데몬스'로 불렸다. 사람에게 재앙을 내리는 악마. 왠지 간지 나고 세 보여 나쁘지 않았다. 그 말 앞뒤에 어떤 수식어나 서술어가 붙는지 따위는 관심 없었다.

나는 소위 잘나가는 몸이었다. 대기업 임원인 아빠와 시청 간부급 공무원인 엄마. 집안도 남들의 부러움을 한 몸에 받을 정도로 빵빵했다. 가까운 친척 중에 국회의원과 변호사와 경찰서 높은 분이 있었다. 이 정도면 금수저를 물고 태어났다고 할 수 있었다. 그래서 학교 안팎에서 어깨와 눈에 힘을 주고 다녔다. 게다가 외모는 남들이 알아서 부러워했고 키도 훤칠한 편이었다. 운동도 잘했으며 성적도 상위권이었다. 신이 나한테 몰빵한 덕분에 어딜 가나 나는 존재감을 자랑했다. 한 여자애가 "자뻑 쩐다."며 코웃음을 쳤지만, 난 한 귀로 듣고 한 귀로 흘렸다. 아무도 나를 건드리지 못했고, 난 가끔 학교도 내 세상, 학교 밖도 내 세상이라는 착각에 빠지곤 했다.

흙수저로 태어난 석근수는 운동 실력도 성적도 인기도 나하고는 비교 자체가 우스웠다. 학기 초, 키가 비슷하다는 이유로 석근수와 짝이 되었다. 미련 곰탱이인 줄로만 알았는데 은근히 깡도 있고 힘도 장난이 아닌 데다 불량한 눈빛으로 애들을 단번에 압

도했다. 선생님들조차 석근수의 잘못된 언행을 지적하는 걸 꺼리는 것 같았다. 교과서 없이 와도, 숙제를 안 해 와도, 수업 중에 엎드려 자거나 화장실에 간다는 핑계로 나갔다가 수업이 끝날 때까지 안 들어와도 넘어가는 경우가 다반사였으니까. 녀석은 벌점은 물론 선도 위원회조차 가벼운 콧방귀로 흘려 넘겼다. 녀석과 어울리는 것도 괜찮겠다는 생각으로 호의를 베풀었다. 여기저기 편의점이나 분식점에 데리고 다니면서 석근수의 식탐을 자극했다. 녀석은 예상보다 더 호락호락했다. 그림자처럼 따라다니며 충직한 부하가 되었다.

하유찬은 몹시 나대고 주제도 모르면서 깝죽대는 게 흠이었지만 그래도 학교에서 알아주는 분위기 메이커였다. 그리고 나를 돋보이게 해 주는 일등 공신이기도 했다. 공짜로 게임을 시켜 주고 집에 쓸데없이 굴러다니는 물건 하나만 건네도 간이고 쓸개고 다 내줄 듯 행동했다. 게다가 가려운 곳을 긁어 주는 데 탁월한 재능을 발휘했다. 특히 데몬스 채널에 애정을 보였는데 애들의 흑역사가 될 동영상이나 사진을 업로드해서 나를 즐겁게 해 주었다. 거긴 우리 삼총사의 온라인 놀이터였다.

어느 날 문득 정신을 차려 보니 내가 그 애들에게 지시를 내리고 있었고, 둘은 자연스레 나에게 복종했다. 나는 리더, 석근수는 행동 대장, 하유찬은 행동 대원. 내가 가진 배경과 능력을 생각하면 당연한 결과였다. 마치 뒷골목 세계의 보스가 된 것 같아 폼

나고 신났다. 셋이 똘똘 뭉치면 세상 겁날 게 없었다. 세상 사람들을 다 내 손아귀 안에서 맘껏 쥐락펴락할 수 있다고 믿었다.

김완이. 그 애는 빌런 클럽 데몬스가 특히 괴롭힌 아이였다. 처음 봤을 때 낯이 익었는데 그 정도로 평범한 얼굴이었다. 하지만 항상 고개를 숙이고 다니는 탓에 눈을 감고 떠올리려 하면 선명하게 그려지지 않았다. 우리는 김완이를 좀비라고 불렀다. 한창 유행하던 게임에 등장하던 몬스터. 다양한 미션과 스테이지가 제공되는 모바일 게임으로 스토리와 액션이 흥미진진해 모르는 애가 없을 정도였다.

하유찬 말에 의하면 좀비 김완이는 초등학교 때 딴 학교에서 사고 치고 전학 왔는데, 그때부터 줄곧 혼자였다고 했다. 자발적 왕따, 김완이. 괴롭히기 좋은 먹잇감이었다.

"저 찌질이가 초딩 때 일진이었다는 소문이 있던데, 개어이없지 않냐? 백 퍼 헛소문이라는 데 내 손가락 건다."

하유찬은 확신에 차서 말했다. 그건 최근에 들어 본 그 어떤 개그보다 웃겼고, 우린 교실에 우리만 있는 양 미치도록 웃어 댔다.

"어이, 일진이었다며? 나중에 유명해지면 어쩌려고 그랬어? 폭망할 텐데."

석근수가 비아냥대며 김완이에게 접근했다. 마침 심심하던 차였다. 석근수는 커다란 몸짓으로 김완이와 어깨동무를 하며 김완이의 몸을 흔들었다. 김완이는 풍선 인형처럼 흔들리며 중심을 잡으려 애썼다. 순간 석근수는 표 안 나게 김완이를 밀쳤다. 김완이는 의자와 함께 넘어졌다가 천천히 일어났다.

"오! 신박해. 꼭 좀비 춤 추는 것 같지 않아?"

하유찬이 눈에 광채를 내며 말했다. 그러고는 핸드폰을 꺼내 유튜브로 최근에 유행하는 아이돌 그룹의 좀비 춤을 보여 주었다. 하유찬은 가볍게 몸을 흔들며 좀비 춤을 몇 번 따라 하더니 이윽고 괴상한 춤을 만들어 냈다.

"이 안무 어때? 아메리칸 아이돌 같은 데 나가 볼까?"

"표절 시비에 걸리는 거 아냐? 이거 김완이 거잖아."

석근수 말에 하유찬이 배꼽을 잡고 뒤집어졌다. 그리고 마지막 타자는 나.

"얘들아, 제발 그러지 마."

나는 석근수와 하유찬을 말리는 체하며 김완이의 말투를 흉내 냈다. 이런 유치찬란한 장난으로 우리가 시시덕거리면 김완이는 꾹 참고 고개를 돌리는 것으로 대단원을 장식했다. 그렇게 김완이는 늘 우리를 무시했다. 그게 우리를 더 자극해서 갈수록 장난의 강도는 세졌다. 가끔 선생님들의 레이더망에 걸려들 때면 마치 김완이와 사총사인 양 연기했다. 학기 초에 김완이의 절친인 척 한 건 신의 한 수였다.

"우리 김완이 찐친이거든요."

우린 당당하게 외쳤다. 그건 짜릿하고 즐거운 놀이였다. 선생님들이 시야에서 사라지면 하유찬은 기다렸다는 듯 김완이의 실내화를 벗겨 창밖으로 던졌다. 석근수는 불룩한 배를 내밀며 김완이가 가는 길을 가로막았다. 하유찬과 나는 그 뒤에서 하이파이브를 했다. 한번은 애들 눈을 피해 화장실에서 볼일 보는 김완이를 괴롭힌 적도 있었다. 그날 이후 김완이는 꼭 수업 중에 화장실을 갔다. 김완이가 손을 들면 선생님은 허락한다는 뜻으로 고개만 까딱했고, 김완이는 한쪽 다리를 살짝 끌며 교실을 나갔다. 나를 비롯한 반 애들은 김완이를 지질한 애라고 생각했다. 어느새 김완이는 모두에게 좀비로 통했고 원래 이름은 더 이상 누구의 입에도 오르내리지 않았다. 김완이의 표정은 어두워졌고 말수도 줄어들었다. 몇 안 되는 친구들도 다 떨어져 나갔다.

김완이는 그런 수모를 겪는데도 아무 일 없다는 듯 조용했다. 부모님이나 선생님한테 왜 털어놓지 않는지, 나는 굳이 그 이유까진 알고 싶지 않았다.

한번은 김완이에게 도둑 누명을 씌우려 한 적도 있었다. 그날도 데몬스는 탄탄한 각본을 바탕으로 연극 놀이를 했다. 내 아이디어를 들은 석근수와 하유찬은 대박이라며 거의 나를 찬양하는 분위기였다.

제목: 도둑 좀비
연출, 학생 1: 임우제

학생 2: 석근수
학생 3: 하유찬

마침 담임 수업 시간이었다. 신호를 받은 하유찬이 먼저 대사를 읊었다. 학생 3, 레디 액션!
"(의자에서 벌떡 일어나며) 샘! 우제가 패드 잃어버렸대요. 저번 달에 우제 아빠가 생일 선물로 사 준 건데 엄청 비싼 거래요."
"무슨 소리야? 그런 비싼 물건을 왜 학교에 들고 와?"
학생 2, 큐!
"(떨떠름한 표정으로) 들고 온 게 문젠가? 도둑질한 게 문제지."
"샅샅이 찾아본 거 맞아?"
이번엔 학생 1, 큐!
"(낙담한 표정으로 고개를 푹 숙이며) 네."
나는 좀 더 리얼한 연기를 위해 한숨을 푹 쉬고 미간도 한껏 찡그렸다. 담임의 침묵은 생각보다 오래갔다. 2분쯤 지났을까? 담임이 교실에 있는 이면지를 가위로 자르며 말했다.
"이런 문제는 인권과 관련돼서 예민해. 반에 CCTV가 달려 있는 것도 아니고. 일단 분실 사건에 대해 조금이라도 아는 사람 있으면 종이에 자세히 적어. 애먼 사람이 엉뚱한 피해 당하지 않도록 아는 게 없는 사람은 애국가 가사라도 적고."
연극은 일사천리로 진행되었다. 학생 2, 레디 액션!

"사물함 뒤져 보는 건 어때요?"

패드는 김완이 사물함에 있었다. 석근수가 잠금장치도 없는 김완이의 사물함에 넣어 두었으니까.

"그건 좀…… 아무 근거도 없이 친구를 의심하면……."

담임이 난처한 표정을 지었다. 학생 3, 레디 액션!

"저, 아까 이동 수업 때 복도 지나가다가 누가 사물함에서 수상한 행동 하는 걸 본 것 같아요."

학생 3은 말이 끝나기도 전에 뒤로 가더니 김완이의 사물함을 벌컥 열었다. 담임이 말릴 틈도 없었다. 학생 1과 2는 의미심장한 눈빛을 주고받았다. 학생 1은 김완이가 어떤 표정을 지을지, 어떤 반응을 보일지 몹시 궁금했다. 학생 3이 전리품이라도 손에 넣은 듯 패드를 꺼내 들고 흔드는 게 다음 순서였다. 그런데 없었다. 귀신이 곡할 노릇이었다.

"그럴 리가 없는데. 분명히 좀비 사물함에 있었는데."

앗, 설레발을 친다 했더니 하유찬이 대본에 없는 대사를 읊으며 엔지를 냈다.

담임은 우리를 상담실에 불러 놓고 미심쩍은 눈초리로 바라봤다. 심증만 품은 채 이실직고하라고 했을 땐 간이 졸아붙는 느낌이었다. 담임은 의혹의 눈길을 거두지 않았다. 우린 끝까지 시침을 뗐고 물증이 없어 사건은 흐지부지 끝났다. 어쩌다 보니 패드를 진짜로 잃어버렸지만 또 사면 그만이었다. 그때도 나는 애들한테 한턱 쏘았다. 피시방도 가고 피자집에도 갔다. 잠시 주춤했던 작전은 곧 다시 시작되었다. 김완이 골탕 먹이는 재미로 학교를 다녔다 해도 과언이 아니었다.

마침 그날 밤, 인터넷 뉴스는 지방의 한 중학교 학폭 사건으로 도배가 되었다. 학폭 문제를 다룬 우리나라 드라마가 넷플릭스 세계 시청률 순위 1위를 찍던 때라 더 난리였다. 학폭 피해자의 극단적인 선택에 사람들은 자기 일처럼 광분했다. 가해자의 신상이 털리고 마녀사냥을 일삼는 댓글과 대댓글까지. 패턴은 변한 게 없었다. 얼마 뒤, 학폭에 대한 교육부의 대응 매뉴얼이 나왔다. 앞으로는 대놓고 애들을 괴롭히기 어려워졌다는 의미였다. 하지만 아무리 촘촘해 보여도 어디에나 빈틈은 있는 법. 나는 또 그 틈을 기가 막히게 잘 파고들었다. 학교를 벗어난 곳이나 사이버 공간에서 은밀하고 치밀하게. 하지만 지금 당장은 몸을 사려야겠지. 학교에서도 반짝 단속하는 듯하다가 얼마 지나지 않아 흐지부지될 것이다.

학교도 사회도 늘 그래 왔다. 학기 초 담임은 김완이한테 관심을 가지고 다정하게 챙겼다. 하지만 김완이는 위클래스 상담도, 하이클래스 수학 방과 후 수업도 모두 거부했고, 담임의 노력도 수포로 돌아갔다. 결국 담임은 김완이의 출결만 체크하고 자리에 있으면 안도하는 분위기였다. 그리고 그건 우리가 바라던 바였다.

2. 일반 쓰레기

데몬스 사이에 단단히 조여진 나사가 조금씩 풀린 건 내가 신비와 사귀면서부터였다. 나에게 "자뻑 쩐다."라고 코웃음 쳤던 여자애, 신비.

신비는 '존예'였다. 글로벌 케이팝을 주도했던 걸 그룹 블랙화이트의 규나를 닮았는데 학교에선 연예인 못지않은 인기를 누리고 있었다. 나는 애써 무시했지만 사실 안달 난 상태였다.

언젠가 학원 마치고 돌아가는 길이었다. 배달 오토바이에 칠 뻔한 신비를 때마침 그 옆을 지나가던 내가 구해 주었다. 마치 멜로 영화의 한 장면처럼 절묘한 타이밍이었다. 물론 다 짜 놓은 게 임이었지만. 라이더는 하유찬의 사촌 형이었다. 다음 날, 신비는 나를 다시 봤다며 말문을 떼더니 대뜸 내게 사귀자고 했다. 의외로 저돌적인 구석이 있었다. 썸 타면서 느끼는 스릴을 맛보지 못해 아쉽긴 했지만 마다할 이유가 없었다. 특히 석근수가 신비를 몰래 좋아하고 있다는 사실을 안 뒤에 마음을 굳혔다. 비밀리에 하유찬하고만 작전을 짰다. '존예'와 '존잘'의 역사적인 만남! 우린 애들이 다 보는 앞에서 커플링을 주고받았다. 신비는 여자애들의 따가운 눈총을 견뎌 내야 했을 거다.

그때부터 나를 대하는 석근수의 태도가 예전 같지 않았다. 종종 내 지시에 불응했고 별것 아닌 일로 시비를 걸어왔다. 한턱 쏜다고 했을 때 거절하기도 했다. 난 콧방귀만 뀌며 잠시 그러다 말겠지, 하고 흘려 넘겼다. 하지만 시간이 흐를수록 대충 넘어갈 일이 아니라는 걸 깨달았다. 석근수가 호시탐탐 내 자리를 노리는 것 같았다. 나는 본때를 보여 줄 기회를 엿보았고, 그날은 생각보다 일찍 찾아왔다.

중간고사 기간이었다. 1교시 국어 시험이 끝나고 쉬는 시간에 석근수가 내 심기를 건드렸다. 애들 사이에서 피시방에 가 스트레스를 풀자는 이야기가 오가는 중이었다. 별안간 석근수가 그 틈에 끼어들더니 자기가 나보다 캐릭터 스탯이 한 수 위라고 큰 소리쳤다.

"열폭 지리네. 그렇게 날 이겨 보고 싶냐? 게임? 그것도 이게 좋아야 돼."

나는 손가락으로 머리를 가리키며 말했다.

"딱 일주일만 시간 주고 내기할까? 10만 원 빵! 아, 참. 너 돈 없지? 그럼 노예 계약 어때? 네가 잘하는 거잖아."

내 말에 석근수의 넓적한 얼굴이 일그러졌다. 나는 더 날카롭게 나갔다.

"바뀌지도 않을 건데 그냥 포기하고 평민으로 맘 편히 살아. 너는 내 상대가 안 돼. 모르겠냐? 안타깝다. 아, 참! 너 나보다 더 나은 거, 아니 더 나가는 거 있다. 그것도 엄청. 궁금하지? 몸무게. 알겠냐? 이 뚱땡아!"

아차, 싶었지만 이미 엎질러진 물이었다. 사과하는 것도 영 어색하고 자존심 상했다. 그래서 그냥 넘어갔다. 마침 하유찬이 헤드뱅잉을 하며 발광을 떨길래 과장되게 웃어 젖혔다. 그때 석근수가 득달같이 내게 덤벼들었다. 묵직한 바윗덩이와 부딪친 듯한 충격에 떠밀려 엉덩방아까지 찧었다. 책상 옆 가방 걸이에 걸려 옷이 찢어지고 말았다. 교복 위에 입고 온 고가의 고어텍스 재킷이었다. 순간 교실에 정적이 내려앉았다.

"야, 석근수! 돌았냐?"

나는 벼락같이 소리를 질렀다. 석근수는 몹시 상기된 얼굴로 씩씩댔다. 다들 석근수의 도발을 예의 주시하는 눈치였다.

"너 실수한 거야, 새꺄!"

나는 엉덩이를 탈탈 털면서 재킷을 벗었다. 그 정도 공격으론 나를 무너뜨릴 수 없다는 듯 쌩쌩하게 행동했다.

"돈 많은 모양이다. 이 브랜드 꽤 비싼데. 감당할 수 있겠어?"

내가 재킷을 벗어 찢어진 곳을 만지작거리며 말을 이었다. 흥분을 최대한 가라앉히고 일부러 더 여유만만하게 굴었다.

"인생이 불쌍해서 딱 한 번만 봐줄게. 어때?"

내 말을 들은 석근수가 애꿎은 책상을 걷어차고 교실 문을 쾅 닫고 나갔다. 곧 2교시 시험 시작이었다.

"쫄보 새끼!"

나는 재킷을 집어 던지며 석근수 뒤통수에 대고 외쳤다. 그러고는 애들 앞에서 화려한 발차기 기술을 선보였다. 이 일로 석근수는 데몬스에서 공식 제명되었다.

첫날 시험이 다 끝났다. 무슨 정신으로 시험을 쳤는지 정신이 아득했다. 그렇게 교실을 나간 석근수는 돌아오지 않았고, 담임이 종례 시간에 전후 사정을 물었지만 아무도 대답하지 않았다.

"뭐 하냐? 가자! 기분도 꿀꿀한데 내가 쏜다!"

"어? 나…… 오늘 학원 보강 있어. 내일 시험 대비."

하유찬이 얼빠진 표정으로 대꾸했다.

"공부는 평소에 하는 거야, 인마. 꼭 공부 못하는 것들이 시험 기간에 공부한대."

그제야 하유찬은 군소리 없이 나를 따라나섰다.

그날 나는 새벽 두 시까지 시험 공부를 하고 불을 껐다. 침대에 누웠지만 잠이 오지 않았다. 문득 석근수가 막다른 곳에 몰린 덩치 큰 시궁쥐처럼 느껴졌다. 그래도 그렇지, 감히 왕관 쓴 고양이한테. 그런 생각을 하며 도망가려는 잠의 끝자락을 잡으려고 애썼다.

다음 날, 석근수는 결석했다. 그걸 신경 쓰는 게 자존심 상해 짜증이 났다. 수학 시험 가채점을 하는 애들의 괴성으로 교실은 왁자했다. 나는 좀비의 시험지를 흘끔 보았다. 또 100점? 속에서 불길이 타올랐다. 도저히 참을 수가 없어 좀비의 시험지를 낚아채서 찢고는 허공에 뿌렸다.

드디어 시험이 끝났다. 결과가 어떻든 오늘은 신비와 데이트하는 날이었다. 5월이었고, 학교 화단에 있는 라일락 향기가 코끝을 스쳤다. 가슴이 설렜다.

우린 시내 패스트푸드점에 들어갔다. 뷰가 좋은 자리에 앉아 음식을 주문했다. 신비의 표정은 아까부터 심드렁했다. 내가 묻는 말에 형식적으로만 대답했다. 그러더니 한참 후에 정색을 하며 말문을 뗐다.

"제발 부탁인데, 난 네가 걔한테 안 그랬음 좋겠어."

"누구?"

난 다 알면서 딴청을 피웠다. 불갈비 버거를 우물거리며 콜라 컵에 꽂힌 빨대에 입을 갖다 댔다. 신비는 치킨 버거에 입도 안 댄 상태였다.

"몰라서 묻는 거야?"

"에이, 왜 또 그래?"

우리가 사귀기 시작하면서부터 신비의 간섭이 부쩍 늘었다. 하지만 엄마한테 구속당하는 것과는 다른 차원이었다. 은근히 기분 좋았다.

"너 김완이 건드리는 거 옆에서 보기 힘들어."

"네가 왜? 와, 여기 버거 맛집인가? 먹어 봐. 맛있다."

"좀 진지해질 수 없니?"

신비의 표정이 굳어 있었다. 이럴 때 신비의 심기를 건드려서 좋을 건 없었다.

"너 시험 망쳤구나. 나한테 라이벌 의식 같은 거 느끼는 건 아니지? 괜찮아. 시험이 인생의 전부도 아니고. 그리고 나는 똑똑한 애보다는 약간 백치미 있는 애가 더 좋아."

"너 그 말 취소해."

"아, 그래. 알았어, 알았어, 취소, 취소! 됐지?"

신비가 나를 흘겨보았다. 그 모습도 귀여웠다.

"너 입장 바꿔 생각해 봤어?"

신비는 내 말을 한 귀로 흘리고 훈계조로 말했다. 인내심이 닳는 것 같았지만 참았다.

"오늘 일만 해도 그래. 넌 다른 사람이 너보다 잘되는 꼴을 못 보는 것 같아. 김완이가 너보다 수학 성적 잘 나온 게 죄니?"

"장난이잖아."

"장난? 너 장난으로 던진 돌에 맞아 개구리 죽는다는 소리 못 들어 봤어?"

"애들 다 웃고 난리 났었잖아. 못 봤어? 참, 그거 안 먹을 거면 내가 먹어도 돼?"

나는 검지로 신비 앞에 놓인 치킨 버거를 가리켰다.

"너는 김완이 괴롭히는 재미로 학교 오니? 그게 그렇게 재밌어?"

"너 좀비랑 무슨 관계냐? 먼 친척이라도 돼? 아니면 전 남친이냐? 왜 이렇게 예민하게 굴어."

나도 모르게 말이 까칠하게 나왔다.

"멀쩡한 이름 놔두고 좀비가 뭐니, 좀비가! 누가 너한테 그딴 별명 지어 부르면 좋을 것 같아?"

"낫 배드."

"정말 유치하다. 너 진짜 이거밖에 안 되는 애였니?"

신비가 자리를 박차고 일어날 태세였다. 슬슬 짜증이 치밀어 올랐다.

"알았어, 알았어, 미안해. 그만하자, 응?"

"뭘 그만해? 애들이 너희들보고 뭐라는 줄 알아? 1반 쓰레기래, 일반 쓰레기. 재활용도 안 되는."

"야, 누구야. 그딴 말 한 애가! 아, 개열받아!"

순간 가슴속에 불이 확 타올랐다.

"너 이렇게 엉망인 줄 몰랐어."

나는 다시 흥분을 가라앉히며 최대한 다정하게 연기했다.

"삐졌냐? 그러지 말고 우리 나가자. 요 앞 광장에서 버스킹 공연한대. 아니면 근처 코인 노래방에 갈래? 저번에 가 봤는데 시설 죽이더라. 가자. 응? 응?"

"됐어. 나 먼저 일어날게."

"야!"

나는 목에 핏대를 세우며 소리쳤다. 주위 사람들의 시선이 일제히 우리 쪽으로 쏟아졌다. 난 벌게진 얼굴로 신비를 붙잡았지만 신비는 내 손을 뿌리쳤다. 누가 봐도 여자한테 차이는 상황이었다. 난 홧김에 신비를 앞질러 갔다.

지하철에 앉아서도 분을 못 삭이고 있는데, 전화가 왔다. 그럼 그렇지 했지만, 엄마였다. 시험 성적이 궁금해서일 거였다. 수학 95점, 사회 100점, 국어 100점. 나쁘지 않은 성적이었다. 하지만 엄마 사전에 만족이란 말은 없었다. 조금만 더 집중했더라면 수학도 100점을 받았을 거라며 트집을 잡고도 남았다. 끈질긴 진동에 통화를 거절하자마자 문자가 왔다. 신비였다.

> 우리 안 맞는 것 같아

> 그만 만나

일방적인 이별 통보! 굴욕감에 때수건으로 박박 민 것처럼 얼굴이 화끈거렸다. 나는 지하철 바닥을 발로 쿵 찼다. 끝내도 내가 먼저 끝내야 말이 되는 거였다.

집에 들어가기 전, 담장에 기대 숨을 골랐다. 나는 담장에 빨판을 붙이고 쭉쭉 뻗어 올라가고 있는 담쟁이 덩굴손을 획 낚아챘다. 그냥 괜히 화가 났고 화풀이할 만한 대상이 필요했는데, 마침 근처에 담쟁이가 있었을 뿐이었다. 다른 것들에 비해 유독 빨리 자라 선두 자리를 지키던 덩굴손은 졸지에 성장이 꺾인 신세가 되고 말았다. 시멘트 바닥에 버려진 담쟁이 덩굴손은 볼품없었다.

털레털레 집 안으로 들어왔다. 침대에 걸터앉아 주먹으로 애꿎은 베개를 퍽퍽 쳤다. 맥박과 혈압이 급상승하고 머리에서 스팀이 나오는 것 같았다. 까짓것, 나도 쿨하게 끝내 버리면 그만이다. 근데 일반 쓰레기? 생각할수록 괘씸했다. 누구인지 찾아내기만 해 봐. 내가 가만두나. 눈을 감고 심호흡을 했다. 가까스로 흥분을 가라앉히고 냉정을 되찾았다. 커플링까지 주고받으며 둘이 사귄다고 떠벌리고 다닌 걸 생각하면 신중을 기해야 한다. 학교는 물론 학원에까지 소문이 파다하게 난 상태. 사귄 지 한 달도 안 지나 깨졌다고 하면 애들과 선생님들이 나를 뭐라고 생각할까. 화살은 범생이 신비가 아니라 나한테 쏟아지겠지. 바람둥이, 루저, 찐따······. 그건 내 이미지에 흠집 정도가 아니라 치명타일

수도 있다. 석근수가 회심의 미소를 짓는 모습이 떠오르자 망설일 이유가 없었다. 난 문자를 찍었다.

> 신비야. 쏘리. 화 풀어라

> 좀비

나는 급히 '좀비'라는 글자를 지웠다.

> 내가 너무 심했지?

> 앞으로 김완이 안 괴롭힐게

> 약속ㅠㅠ

지금은 일보 전진을 위한 비굴 모드가 최선이었다. 몇 분 뒤 신비한테서 답 문자가 왔다.

> 속는 셈 치고 딱 한 번만 봐줌

난 홀가분한 마음으로 화장실에 갔다. 조금 전까지만 해도 언젠가 이 수모를 꼭 갚아 주리라 이를 갈았는데, 거울 속 나는 헤벌쭉 웃고 있었다. 내가 봐도 제정신이 아니었다. 그리고 그게 좋았다.

밤 열한 시. 현관문 열리는 소리와 함께 엄마 아빠 목소리가 잠시 들려왔다. 나는 불을 끄고 드러누웠다. 바깥에서는 더 이상 아무 소리도 들리지 않았다. 언젠가부터 엄마 아빠와는 성적이나 집안 경조사가 아니면 대화를 하지 않았다. 화장실 물 내리는 소리가 들리는가 싶더니 곧 문 여닫는 소리가 들리고, 집은 정적에 휩싸였다.

3. 빵 부스러기

다음 날부터 나는 진짜 내 모습을 슬쩍 감췄다. 그건 의외로 쉽고 단순했다. 대신 하유찬이 내 꼭두각시 노릇을 했다. 어쨌거나 표면상으로는 신비의 부탁을 들어준 거였다.

"석근수는 어떻게 되는 거야?"

하유찬은 다 알면서 물었다.

"아, 재수 없는 찐따 이야기는 왜 또 꺼내! 조직의 쓴맛을 보여 주려다가 옛정을 생각해서 그 정도로 봐주는 거니까 닥치고 있어. 너도 나 싫으면 언제든 배신 때려. 안 말릴 테니까."

나는 석근수 들으라고 일부러 크고 거친 소리로 말했다. 그리고 하유찬마저 떨어져 나갈까 봐 초조한 마음을 숨긴 채 쐐기를 박듯 말했다.

"뒷감당할 자신 있으면."

"누가 싫대? 그나저나 나 이제 어떻게 하면 돼?"

나는 하유찬이 충분히 잘 해낼 수 있는 미션을 자세히 털어놓았다. 하유찬은 무표정하게 고개만 끄덕였다.

신비는 내가 회개하고 딴사람이 된 것 같다며 좋아하는 분위기였다. 약간의 죄책감과 안도감이 적절히 배합되어 묘한 기분을 만들어 냈다.

내가 잠잠한 사이 하유찬은 툭하면 김완이를 건드렸다. 하유찬한테는 석근수보다 더 치밀하고 야비한 구석이 있었다. 매번 눈을 번득였는데, 그건 하유찬이 즐기고 있다는 증거였다. 김완이와 스스럼없이 어깨동무하고 대화를 나눴다. 모르는 사람이 보면 절친으로 착각할 정도였다. 실제 선생님들은 둘을 단짝으로 보기도 해서 김완이가 보이지 않으면 하유찬한테 행방을 묻곤 했다. 나는 멀찍이 떨어져 구경만 했다.

"이거 뭐냐?"

하유찬은 김완이가 풀고 있는 수학 문제집을 낚아채며 시비를 걸었다. 김완이는 다른 과목은 별 볼일 없는데, 수학 성적만은 타의 추종을 불허했다. 학원에 과외에 인강까지 듣는 나로서는 배 알이 꼴린 적이 한두 번이 아니었다.

"나 어제 이거랑 똑같은 거 잃어버렸는데, 혹시 네가 슬쩍한 거 아냐?"

"아냐."

"잠깐만. 증거 있어. 99쪽에 내가 아무도 모르게 이름 적어 놨거든. 누가 훔쳐 갈까 봐."

하유찬은 문제집을 휘리릭 넘기더니 99쪽을 펴고 명백한 증거를 찾아냈다. ZB. 좀비의 이니셜이었다. 물론 김완이가 화장실에 갔을 때 하유찬이 미리 써넣은 거였다.

"맞네. 여기 봐, 새끼야. 이거 내 글씨잖아."

"아, 아니라고!"

"아니긴 뭐가 아냐. 이 도둑놈아."

하유찬이 문제집을 한 장씩 찢어 구기더니 김완이에게 던졌다. 하유찬은 그 짓을 여러 번 반복했다. 김완이의 얼굴에 맞고 떨어진 종이 뭉치가 교실 바닥에 너저분하게 깔렸다. 김완이의 표정이 구겨진 종이 뭉치 같았다.

"안 줍냐? 담임한테 들켜서 나 엿 먹이고 싶지? 그치?"

하유찬이 빈정대며 김완이를 자극했다. 하지만 김완이는 묵묵히 종이 뭉치를 줍더니 그걸 일일이 폈다. 하유찬은 지우개나 샤프펜슬 같은 김완이의 자잘한 물건들을 하나둘 빼앗기도 했다. 애들은 아무도 나서지 않았다. 아니, 나서는 걸 귀찮아했다. 그리고 아무 일도 일어나지 않았다. 하유찬은 여전히 김완이의 변함없는 단짝이었다. 하유찬은 처음에는 내가 시켜서, 나중에는 스스로 알아서 김완이를 가지고 놀았다.

가끔은 김완이가 무섭기도 했다. 끊임없이 당하면서도 전혀 내색하지 않는 그 인내심이 대체 어디서 오는 건지 나한텐 불가사의였다. 그 고통을 감수할 만큼 마음이 독하다는 건, 충분히 공포의 대상이긴 했다. 하지만 겉으로 드러나지 않는 공포를 나는 자주 망각했다.

나는 김완이한테서 손을 떼기로 결심했다. 김완이를 괴롭히는 하유찬한테서 언뜻언뜻 내 모습이 보였다. 내가 저정도였나? 아닐 거야. 그런 생각이 들자 마음이 조금씩 불편해졌다. 신비의 적극적이고 지속적인 설득도 한몫했다. 김완이의 어두운 얼굴과 축 처진 어깨, 그리고 한껏 웅크린 상체를 볼 때마다 뭔가 께름칙했던 게 솔직한 심정이었다. 다행히 신비와 어울리다 보면 그런 감정이 어느 정도 희석되었다. 그래서 난 더 신비와의 만남에 몰두했다.

신비랑 함께 학원과 스터디 카페에 가고, 떡볶이와 꼬치를 먹고, 영화를 보고 옷을 사러 가고, 놀이공원에 가서 놀다 보면 하루 스물네 시간이 모자랄 정도였다. 엄마한테는 철저하게 비밀이었는데, 그건 스릴 만점이었다. 발각되는 날엔 핸드폰 압수에 외출 금지라는 불편을 감수해야 했다. 그건 나한테서 산소통을 떼어 내고 목까지 조르는 일이었다. 나는 살기 위해 노력했다. 성적을 떨어뜨리지 않는 거야말로 엄마의 신경을 딴 데로 돌리게 하는 유일한 방법이었다.

김완이의 존재는 점점 내 의식 밖으로 밀려났다. 그 자리를 나와는 전혀 다른 신비가 차지했다. 신비는 내가 하는 얘기에 귀 기울여 주고 고개를 끄덕이며 웃어 줬다. 따지고 들 때는 피곤하기도 했지만 그것조차도 매력으로 보였다. 신비랑 얘기하다 보면 고즈넉한 산사의 풍경 소리가 가슴 가득 울려 퍼지는 느낌이었다. 초등학교 6학년 때 반강제로 템플 스테이 프로그램에 참여한 적이 있었다. 핸드폰까지 압수당하자 매 시간이 지옥 체험 같았다. 이틀째 되는 날, 결국 낙오자가 되어 엄마가 데리러 오기만을 기다리다가 우연히 풍경 소리를 들었다. 하늘은 파랗고 바람은 불고 단풍잎이 나풀나풀 떨어졌다. 풍경 소리는 가슴을 파고 들어와 지친 마음을 어루만져 주었다.
　나에게 김완이는 빵 부스러기 그 이상도 그 이하도 아닌 존재가 되었다. 내가 버린 빵 부스러기는 하유찬이 알아서 날름 주워 먹었다. 더 이상 하유찬한테 이래라저래라 간섭할 필요도, 이유도 없었다. 하유찬은 완급을 조절하면서 김완이를 밟았고, 김완이는 신음 소리도 없이 당하기만 했다. 이젠 안 그래도 되는데 하유찬은 번번이 그날의 활동을 나한테 보고했다.
　5월 말이 되면서 기온은 연일 신기록을 갈아 치웠다. 학교가 태양열에 뜨끈뜨끈 달구어진 초대형 오븐 같다는 생각이 들었다. 에어컨 필터 청소를 진작에 끝내고 혓바닥 늘어뜨린 개처럼 기다리고 있는데, 가동할 날은 여전히 깜깜무소식이었다. 환경 오염과 지구 온난화 문제에 진심이어서 학교 행사 때마다 훈화하는 교장 선생님 때문에 에어컨은 그림의 떡이었다. 교실에서는 퀴퀴한 냄새가 돌았고, 선풍기 네 대는 푹푹 쪄 대는 찜통더위와 아이들의 혈기 왕성한 열기를 잠재우기에 역부족이었다. 애들은 바짝 신경이 곤두서 있었고, 실수로 어깨만 닿아도 시비 붙는 일이 잦았다. 학교 폭력의 위험성에 대해 수시로 경고성 방송이 나갔지만 아이들은 귀담아듣지 않았다. 석근수는 고삐 풀린 망아지처럼 설쳐 댔다. 그걸로 끝이 아니었다. 욕설이 난무하는 폭력으로 이어졌고 툭하면 교내 봉사 처분을 받았다. 석근수는 그마저도 하는 둥 마는 둥 했다.

5교시. 점심 식사 후의 교실은 심각했다. 선생님이 덥다 덥다 하면 더 덥게 느껴지니까 생각을 바꾸어 보자며 설득하고 협박하고 애걸복걸해도 애들은 육지에 나온 문어처럼 축축 늘어졌다. 수업 시간에 부채질을 하다가 기진맥진해서 쓰러지는 애들도 나왔다.

"샘, 교실에 냉장고나 얼음 정수기 들여놓으면 안 돼요?"

나는 속에서 불기둥이 솟아올라 툭 내뱉었다. 애들은 환호성을 질렀다.

"말이 되는 소리를 해라."

"왜 안 돼요? 엄마한테 사 달라고 할게요."

그러나 선생님은 진정한 교육이 어떻고, 위화감 조성이 어떻고 하며 내 말을 무시했다. 이까짓 형편없는 학교, 당장 폭파시키고 싶었다.

6교시, 체육 수업도 짜증 나긴 마찬가지였다. 선생님 눈치 보며 나무 그늘에서 시간을 때웠다. 수업을 마치고 수돗가에서 머리를 감고 가다가 우연히 쓰레기 분리수거장 쪽으로 눈길을 돌렸다. 거기에 하유찬과 석근수가 있었다. 하유찬은 연신 신발 코를 바닥에 차면서 고민하는 눈치였다. 시간이 흐르자 석근수는 하유찬의 어깨를 툭 치고는 먼저 그 자리에서 벗어났다. 모종의 암거래가 이루어지는 현장처럼 심각하고 불온한 인상을 주었다. 내 눈 밖에 난 석근수가 하유찬을 포섭하려는 수작일 게 뻔했다. 어이가 없어 웃고 넘어갔다.

며칠 뒤, 김완이는 오전 내내 비실비실하더니 조퇴까지 했다. 한눈에 봐도 얼굴이 창백했다. 그러더니 3일 동안 결석했다. 주말 포함 총 5일. 독감이니, 대상포진이니, 스트레스성 위염이라느니 하는 소문이 돌았다. 어쨌거나 김완이라는 장난감이 고장 난 건 사상 초유의 사태였다. 점심시간에 내가 사 준 아이스크림을 쭐쭐 빨던 하유찬이 걱정스럽다는 듯이 물었다.

"혹시 우리 때문에 그런 거 아니겠지?"

"우리라니?"

나는 태연하게 반문했다.

"너 혼자 한 거잖아. 완전 즐기던데?"

순간, 하유찬의 얼굴에 가득했던 장난기가 사라졌다. 아이스크림이 줄줄 흘러 하유찬의 신발 위로 떨어졌다. 난 하유찬을 남겨 두고 유유히 교실로 들어왔다. 마침 예비 종이 쳤다. 애들이 교실에서 썰물처럼 빠져나갔다. 컴퓨터실 이동 수업이었다. 텅 빈 교실에서 하유찬이 내 쪽으로 다가오더니 작심한 듯 말했다.

"나, 이제 그만할래. 그래도 되지?"

평소답지 않게 정색하며 말하는 꼴이 황당하기 짝이 없었다.

"너, 말 졸라 희한하게 한다."

"뭐가?"

"그동안 내가 시켜서 억지로 했다는 말로 들리네?"

"그럼 아냐?"

"너 이리 따라와 봐!"

말문이 막힌 나는 무작정 하유찬의 팔을 낚아챘다. 그러고는 CCTV 사각지대로 끌고 갔다. 하유찬은 내 팔을 탁 쳐 냈다. 석근수라는 꼴뚜기가 뛰었다고 하유찬이라는 망둥이까지 뛰는 꼴을 도저히 봐줄 수가 없었다. 나는 다 된 밥에 재를 뿌리는 것 같은 하유찬의 뒤통수를 후려치고 무릎으로 배를 쿡쿡 찔렀다. 하유찬은 뒤로 주춤주춤 물러났다.

"하지 마."

"하지 마? 뭘 하지 마. 너 많이 컸다."

"하지 말라고!"

"너 뭐 잘못 먹었냐? 내가 너한테 좀비 괴롭히라고 시켰냐? 시켰냐고!"

"알아서 가지고 놀라며? 그게 그거 아냐? 그리고 내가 그렇게 하면 너 은근 좋아했잖아. 아니라고는 말 못 할걸."

나는 하유찬이 더위를 먹고 돌아 버린 게 분명하다고 판단했다. 그렇지 않으면 나한테 이렇게 막 나올 수가 없었다. 나까지 빡 돌아 버리기 직전이었다.

"그래서?"

"뭐가 그래서야? 이제 싫다고. 네 셔틀 노릇하는 거 이제 역겹다고."

"영화 찍냐? 내가 사 주는 거 얻어 먹을 때는 언제고, 배가 불러 터졌구나, 너."

"편할 대로 생각해."

하유찬이 이렇게 배짱으로 나오는 건 믿을 만한 구석이 있다는 얘기였다. 단물만 쪽 빨아먹고 내빼겠다는 심산이라니. 그동안 쏟아부은 돈이 얼만데. 본전 생각이 났다. 그때 복도에서 아령으로 팔 근육 운동을 하던 석근수가 슬금슬금 들어왔다. 나는 석근수한테 눈길도 주지 않은 채 상황을 정리했다.

"네 맘대로 해. 너하고도 끝이야. 다신 아는 척하지 마. 실수하는 거라는 사실만 알아 둬. 수준 안 맞아서 언제 해체하나 골치 아팠는데……."

"그래, 잘됐네."

하유찬이 내 말을 자르더니 내가 할 말을 자기가 했다. 홧김에 주먹으로 하유찬의 가슴을 때리려는 순간, 석근수가 내 주먹을 가로막고 끼어들었다. 석근수는 내 눈을 똑바로 쳐다보고는 비웃었다.

"비켜! 너 내가 저번에 봐준 거 잊었어? 이번에 또 그러면 국물도 없을 줄 알아."

석근수의 기세에 말끝이 떨렸다.

"그래도 이건 아니지. 신성한 학교에서 싸우면 안 되잖아. 안 그래? 옛날 친구."

석근수의 침착한 말투에 목덜미가 서늘했다. 옛날 친구? 하기야 내가 먼저 관계를 끊었으니 뭐 틀린 말은 아니었다. 고분고분 말 잘 듣던 똥강아지 두 마리가 내 팔을 콱 물다니. 애써 부정했지만 생각보다 많이 쓰라렸다. 때마침 수업 종이 울렸다.

"아오, 수업 시간만 아니면. 너희 둘, 운 좋은 줄 알아."

난 평소보다 껄렁한 소리로 외치다가 발로 청소 도구함을 퍽 차며 그 자리를 벗어났다. 긴장한 표정을 들키고 싶지 않아 걸음을 재촉해 컴퓨터실로 이동했다. 가슴이 벌렁거리고 수업 시간 내내 집중은 안 되고 머리만 지끈거렸다. 그렇게 데몬스의 운명은 비극적인 최후를 맞이했다. 끈끈하다고 믿어 의심치 않았던 우정은 돌이켜 보니 끈적끈적했던 거였고, 이제는 기분까지 끈적끈적했다.

그날 하굣길에 신비랑 학원에 가다가 우연히 하유찬을 목격했다. 석근수와 낯선 애 두 명이 더 붙어 있었는데, 뭔가 수상쩍은 기미가 보였다.

"쟤들 뭐야?"

신비가 묻는 말에 나는 아무것도 못 본 척 시침을 뚝 뗐다.

"저기 석근수하고 하유찬. 또 무슨 작당을 하려고. 너하곤 상관없는 거지?"

"나 이제 저 찌질이들하고 안 놀아."

"잘했어, 임우제. 대신 내가 놀아 줄게."

신비가 내 머리를 쓰다듬어 주었다. 앓던 이가 빠진 것처럼 후련했는데 왠지 모르게 허전하고 불안했다.

다음 날부터 하유찬은 석근수와 커플처럼 붙어 다녔다. 석근수가 어떻게 구워삶았는지 하유찬은 대체로 만족하는 표정이었다. 간이고 쓸개고 다 내줄 것처럼 굴던 하유찬은 사실 간에 붙었다 쓸개에 붙었다 하는 박쥐 같은 인간이었다. 하유찬의 합류로 한동안 잠잠하던 석근수는 기세등등하게 되살아났다. 내가 신비한테 한눈파는 사이, 교실을 휘젓고 다니기까지 했다. 주기적으로 밟아 줄 필요가 있는 녀석인데 귀찮아서 눈감아 주는 거라고, 어차피 상대해 봐야 나만 피곤하다고 스스로를 합리화했지만 내심 두려웠다.

하유찬은 석근수와 한통속이 되어 김완이를 대놓고 장난감 취급했다. 한번은 강제로 김완이를 데리고 기절 놀이를 하다가 선생님한테 걸린 적도 있었다. 그때 석근수는 김완이가 먼저 시비를 걸었다며, 계단 걸어가는데 툭 밀쳤다며, 하마터면 넘어져 뒹굴 뻔했다며 덤터기를 씌우고 정당방위를 주장하고는 쥐새끼처럼 빠져나갔다.

그러나 김완이가 가만히 당하고만 있었던 건 아니었다. 견디다 못한 김완이가 꿈틀했던 사건.

교내 체육 대회가 있는 날이었다. 우리 반은 종합 우승을 눈앞에 두고 아깝게 놓쳤다. 단체 줄다리기에서 4등만 해도 우승은 따 놓은 당상이었다. 하지만 팽팽하던 줄다리기에서 상대 팀에 지는 바람에 간발의 차이로 승리를 빼앗겼다. 결과는 예선 탈락.

구령대 옆 이동식 화이트보드에 점수가 합산되고 준우승이 확정되었을 때, 애들은 약속이나 한 듯 발바닥으로 운동장을 굴렀다. 노리고 있던 응원상마저 다른 반에 넘어가자 광분의 도가니였다. 학급비로도 부족해서 각자 거금 만 원씩 투자하여 반 티에 밀짚모자까지 맞췄는데 본전 생각이 날 만도 했다. 폭발하기 직전의 감정에 휘발유를 끼얹고 불을 지른 건 석근수였다.

시상식이 끝나고 전교생이 교실로 우르르 들어가고 있을 때, 석근수는 패배의 주범으로 김완이를 지목했다.

"그냥 줄만 잡고 있었다니까. 힘 하나 안 주고. 내가 이 두 눈으로 똑똑히 봤어. 좀비는 우리 반이 지기를 바란 거야. 그리고 샘이 호루라기 불 때 씩 웃더라. 순진한 척하는데 진짜 악질이야. 너희들 다 속고 있는 거라고."

"처음부터 알아서 기권할 일이지 왜 쓸데없이 참가해서 민폐를 끼쳐!"

하유찬까지 분통을 터뜨리자 애들은 그게 기정사실인 양 김완이를 향해 눈총을 쏘고 손가락질을 해 댔다. 석근수가 그 기회를 놓치지 않고 손으로 김완이의 뒤통수를 연거푸 밀쳤다. 당연히 선생님들의 눈이 사라진 다음이었다. 김완이는 그 자리에 풀썩 엎어졌다.

"쇼하고 있네. 이번 단체 상품은 되게 푸짐하던데. 네가 다 물어내! 아, 나 혼자 열심히 해서 팔씨름 우승하면 뭐 하냐고!"

나는 석근수의 자화자찬에 속이 메스꺼웠다.

"나 아니었어 봐. 준우승이 가당키나 해. 농구도 결정적으로 내가 레이업 슛을 성공시켜서 결승전에 올라간 거잖아. 하유찬! 내 말이 틀려?"

농구 경기 때 석근수의 활약은 그게 처음이자 마지막이었다는 걸 모르는 애는 없었다.

"당연히 오늘의 브이아이피는 근수 너지. 자, 박수!"

"똥멍청아, 엠브이피!"

"야, 그만해라. 참가하는 데 의의가 있는 거잖아."

보다 못한 내가 석근수를 향해 타이르듯 말했다. 석근수는 내 말을 씹더니 사정거리에서 막 벗어나려는 김완이를 추격했다. 그러고는 발로 김완이의 발뒤축을 공격했다. 김완이가 중심을 못 잡고 땅바닥에 고꾸라졌다. 석근수는 들고 있던 응원 깃발을 김완이 코앞에서 마구 흔들어 대며 김완이가 일어서려는 걸 막았다. 몇몇 애들이 킥킥거렸다. 김완이는 비틀거리며 일어나려 애썼지만 엉덩방아만 찧었다. 순간 김완이는 숨을 크게 들이쉬더니 주먹을 꽉 쥐었다.

4. 동영상 업로드

"아아아아악!"

김완이가 죽을힘을 다해 소리쳤다. 그러고는 운동장 모래를 한 움큼 집어 들어 석근수를 향해 힘껏 뿌렸다. 그러다가 몸이 균형을 잃고 넘어지고 말았다. 뿌연 먼지가 허공에 떠돌다 이내 사라졌다. 애들 웃음소리도 함께 사라졌다.

"꼴값 떠네."

내 입에서 나온 소리였다. 하지만 나는 김완이의 발작적인 도발에 내심 적잖이 당황했다. 이제까지 그렇게 된통 당하면서 나한텐 단 한 번도 반항한 적이 없었다. 오히려 차분해 보여 의아할 정도였다. 그런데 이번 일을 계기로 굼벵이도 밟으면 꿈틀한다는 조상들의 속담이 좀비한테도 통한다는 사실을 알게 되었다.

아니, 그 순간의 김완이는 더 이상 좀비가 아니었다. 사력을 다해 캉캉 짖는, 하지만 메마르고 비실비실한 한 마리 똥개였다.

줄지에 똥개한테 물릴 뻔한 석근수가 손등으로 눈을 비비며 말했다.

"아, 빡쳐! 이게 뒈질라고."

석근수가 눈짓하자 하유찬은 김완이와 어깨동무를 하는 척 쓰레기 분리수거장 쪽으로 끌고 갔다. 김완이는 좀비 춤을 추듯 사지를 뻗대며 발악했다. 나는 더 이상 개입하고 싶지 않았다. 어디선가 다급하게 호루라기 소리가 들리더니 체육 선생님이 뛰어왔다.

"이놈의 자식들, 지금 뭐 하는 짓들이야!"

"그냥 장난치는 건데요."

석근수가 당당하게 말했다. 그러고는 김완이를 들쳐 업고 빙빙 돌렸다.

"사실이야?"

"야, 말해. 왜 가만있냐? 난처하게. 우리 찐친이잖아."

하유찬이 끼어들자 체육 선생님 표정이 한결 누그러졌다. 김완이는 입을 다문 채 아무 말 없이 고개를 끄덕였다.

"그래? 얼른 들어가. 까불다가 사고 치지 말고."

체육 선생님도 성가신 일에 휘말리기 싫었을까? 김완이의 표정을 자세히 봤다면 나올 수 없는 말과 행동이었다.

"넵!"

석근수와 하유찬이 절도 있는 군인처럼 거수경례를 붙였다. 그러고는 쪼르르 달려가 김완이의 엉덩이에 묻은 흙먼지를 탈탈 털어 주었다. 김완이는 발을 헛디뎌 넘어질 뻔하다가 겨우 중심을 잡았다. 내 입에서 뒤틀린 웃음이 흙먼지처럼 피어올랐다.

교실에는 엄마가 주문한 햄버거, 콜라, 감자튀김 세트가 배달되어 있었다. 우리는 간식을 먹으며 준우승의 아쉬움과 허기를 달랬다.

"네가 먹을 자격이 있냐? 양심 좀 챙기지."

김완이가 햄버거를 집으려는 순간, 석근수가 휙 낚아채며 말했다. 석근수의 김완이 괴롭히기는 끝이 없었다. 자기 일 아니면 신경 쓰지 않는 반 분위기와 그냥 죽은 듯이 지내는 김완이의 태도를 악용하는 게 분명했다.

"야, 살살 좀 해라. 그러다 애 잡겠다. 먹을 때는 개도 안 건드린다는데."

나는 마음에도 없는 소리로 김완이를 편들고 나섰다.

"솔직히 좀비는 개보다 못한 존재 아냐? 괴물이니까."

석근수 말에 하유찬은 감자튀김을 씹으며 턱방아를 찧었다.

"왜 그렇게 같은 반 친구를 못살게 구냐? 학폭으로 신고당하고 싶어? 요즘 징계 장난 아니던데. 정신 차려, 이것들아."

"친구? 누구? 좀비? 헐! 그리고 정신 차리라고? 누구? 양심 불량인 놈 여기 또 있네."

"나 좀비, 아니 김완이랑 친해. 완이야, 자, 이거 먹어."

나는 김완이 어깨에 팔을 두르며 다정하게 말했다. 그러고는 햄버거를 김완이의 입에 넣으려고 했다.

"가까이서 보니까 더 낯이 익네. 진짜 어디서 봤나?"

"보긴 어디서 봐. 혹시 쌍둥이 아냐? 똑 닮았는데."

석근수가 말도 안 되는 말로 도발했지만 한 귀로 흘렸다.

"야, 너 어느 초등학교 나왔냐?"

내 물음에 김완이는 표정이 굳어졌고 살짝 당황하는 기색이었다. 꽉 다문 입은 좀처럼 열리지 않았다.

"우리 셀카나 찍자."

나는 핸드폰을 들어 올리며 각도를 잡았다. 순간 피사체가 된 김완이는 달려드는 불나방을 피하듯 고개를 휘휘 저으며 시선을 피했다.

"우아, 절친 맞네. 부러워 뒈지겠다."

석근수가 계속 내 비위를 건드렸다.

"배고플 텐데 얼른 햄버거나 드시지. 이거 네가 즐겨 먹는 싸구려 햄버거 아니야. 알지?"

나도 질세라 석근수를 자극하는 말만 골라서 했다.

"우웁, 재수 없어. 더럽고 치사해서 안 먹는다, 안 먹어!"

석근수가 먹던 햄버거를 바닥에 내동댕이치고 발로 밟았다. 나는 화가 치밀어 올랐다. 불끈 쥔 주먹이 부들부들 떨렸다. 그때 신비가 뒤에서 내 팔을 붙잡았다.

"상대하지 마!"

그 말은 꽤 위력이 있었다.

"류신비, 남친이라고 챙기는 거냐? 아오, 닭살!"

석근수가 팔뚝에 돋은 닭살을 훑어 내리는 시늉을 했다.

"덤벼 보시지, 임우제! 왜 쫄았냐?"

슈퍼 헤비급 석근수가 잽과 어퍼컷을 날리며 싸움을 걸었다. 나는 그 정도 선에서 물러났다. 은근히 겁이 나기도 했다. 그러자 석근수는 이제 김완이에게 시비를 걸었다.

"아까처럼 해 봐. 간덩이가 붓다 못해 배 밖으로 튀어나왔지? 왜, 지금은 못 하겠냐?"

석근수의 윽박에 김완이는 어느새 침묵하는, 한껏 움츠린 좀비로 돌아와 있었다.

기발한 생각이 떠올랐다. 핸드폰 사진 앱을 실행시키고 동영상 모드로 바꾼 뒤 복도로 나갔다. 그러고는 열린 창문 틈으로 석근수가 김완이를 괴롭히는 장면을 몰래 촬영했다. 그 사실을 모르는 석근수는 본격적으로 김완이를 집적거리며 손찌검까지 서슴지 않았다. 가슴이 두근거렸다. 이건 완전히 특종이었다.

그날 나는 집에 가서 유튜브 채널 '데몬스'에 접속했다가 바로 빠져나왔다. 이 계정에 올리면 범인이 나라는 걸 자백하는 거나 마찬가지였다. 어디가 적당할까 고민하다 예전에 만들어만 두고 사용하지 않는 인스타그램 계정이 기억났다. 릴스 업로드가 완료되자 가슴이 묘한 흥분으로 일렁였다. 제목은 '학교 폭력 이대로 괜찮은가! 기절각 좀비!'로 정했다. 석근수! 한번 당해 봐라! 배신자의 말로가 어떤 건지 똑똑히 보여 주마. 이번 일을 계기로 일반 쓰레기라는 오명은 네가 다 뒤집어써라. 두 시간째 수시로 드나들며 확인해 보았지만 조회 수는 11회였다. '좋아요' 수는 고작 세 개. 실망이 이만저만이 아니었다.

다음 날, 학교는 벌집을 쑤셔 놓은 듯 발칵 뒤집혔다. 늦잠을 자는 바람에 간발의 차이로 지각했는데 매일 교문 앞을 지키던 생활 지도 부장이 안 보였다. 이게 웬 횡재냐며 고개를 갸웃대고는 교실에 들어섰다. 신비가 기다렸다는 듯 다가와 다급하게 말했다.
"너 그거 봤어?"
"뭘?"
평소답지 않게 수선을 떠는 신비의 태도에서 뭔가 심상치 않은 일이 벌어지고 있다는 걸 직감했다.
"우리 학교, 인터넷 뉴스에 대문짝만 하게 나온 거 몰라? 석근수가 김완이 때리는 동영상. 릴스에 올라온 건데 쫙 퍼졌어. 지금 그거 때문에 학교가 난리 났어."

"가짜 뉴스 아냐?"

나는 처음 듣는 척 시치미를 떼고 물었다. 신비의 말에 여기저기서 애들이 증언을 보태며 몰려들었다. 그러고는 저마다 한마디씩 늘어놓았다.

"뉴스에서만 보던 일이 우리 학교에서 일어나다니. 그것도 우리 반에서라니. 오 마이 갓!"

그동안 김완이가 괴롭힘 당한 걸 모르고 하는 소린가. 헛웃음이 나왔다.

"석근수 어떡하냐? 돈도 빽도 없는데. 감옥 가는 거 아냐?"

"너는 만 14세 이하 미성년자는 형사 처벌이 안 된다는 것도 모르냐? 촉법소년. 나이 먹기 전에 대형 사고 많이 치라는 말 못 들어 봤냐? 석근수는 생일 안 지났으니까 지금 만 13세일걸."

"그럼 소년원? 최소한 전학은 가겠지?"

애들의 야단법석이 귓속을 파고 들어왔다. 생각보다 커진 일에 간까지 오그라드는 느낌이었다.

"석근수는 어디 있는데?"

"좀 전에 샘이 석근수랑 하유찬 데리고 나갔어."

내 질문에 반장이 담임 대신 가정 통신문을 나눠 주며 건조하게 대답했다.

나는 조바심이 일어 교실을 빠져나와 화장실로 직행했다. 핸드폰으로 내가 올린 릴스를 확인해 보았다. 조회 수는 이미 3만에 육박했고, 댓글은 수백 개가 달려 있었다. 사회에서 매장을 시키자는, 신상을 털자는, 청소년 보호법을 개정해서 깡그리 교도소에 처넣어야 한다는 댓글이 대부분이었다. 거울 속에 비친 내 모습은 얼이 빠진 상태였다. 불길했다. 그때 거울 속에 갑자기 하유찬이 등장했다. 나는 재빨리 핸드폰을 주머니에 넣었다. 하유찬은 한쪽 입꼬리를 추켜올리며 웃었다. 녀석한테 이런 표정이 있었나. 소름 끼쳤다.

"뭐야, 재수 없게. 가라, 나 기분 별로다."

"화장실 네가 전세 냈냐?"

"너 요새 말대꾸 따박따박 잘한다. 그러다 한 방에 훅 가는 수가 있어."

하유찬은 내 말을 듣는 둥 마는 둥 평소와 달리 느긋하게 말했다.

"내가 하고 싶은 말, 지가 다 하고 있네."

"너 방금 뭐라고 지껄였어?"

"각도 짱! 화질 짱! 음질 굿!"

처음엔 몰랐다. 그 말이 무얼 뜻하는지. 손을 씻고 화장실을 나가려는데 하유찬이 친절하게 부연 설명을 해 주었다.

"릴스 말이야, 잘 찍었던데? 기절각."

나는 머릿속이 하얘졌지만 모르쇠로 일관했다.

"생각보다 머리가 안 돌아가네? 너 어제 석근수가 좀비 괴롭히는 거 도촬했잖아. 그런데 어떡하나, 내가 다 봐서. 완전 빼박. 이

거 석근수가 알면 어떻게 될까?"

목격자가 있었다니, 순간 아찔했다. 침착하자! 침착하자! 후, 하고 심호흡을 했다. 끝까지 발뺌해서 혐의를 벗는 것 말곤 별다른 도리가 없었다.

"내가 석근수를 찍었는지 딴 걸 찍었는지 네가 봤냐? 그리고 내가 찍었다고 쳐! 릴스 올린 사람이 나라고 어떻게 장담해? 더 중요한 건 그 릴스 올라간 계정, 나는 전혀 모르는 계정이거든. 이게 어디서 사기를 쳐. 너 확실치도 않은 걸로 나 협박했지? 우리 삼촌이 경찰서장인 거 알아, 몰라?"

나는 횡설수설했지만 다행히 그게 하유찬한테 먹혔다.

"아니, 내 말은 그게 아니라, 네가 분명히 어제……."

"어제 뭐! 어제 뭐!"

나는 되레 큰소리를 치며 하유찬의 멱살을 잡고 화장실 벽으로 밀어붙였다. 사건의 전말을 다 안다며 호언장담했던 하유찬은 순식간에 찌그러졌다.

"아님 말고."

하유찬의 말투는 이미 날이 무디어져 있었다.

"말 참 쉽게 한다, 하유찬! 앞으로 내 눈에 띄지 말고 석근수 비위나 잘 맞추면서 쪽팔리게 살아. 간에 붙었다 쓸개에 붙는 이 배신자야! 한 번만 더 나 건드렸단 봐. 그땐 진짜 재미없을 줄 알아. 선 넘지 말라고 나 분명히 경고했다. 알아들었으면 꺼져!"

나는 으르렁대며 오금을 박듯 말했다. 하유찬이 줄행랑을 놓은 다음에도 내 심장은 좀처럼 진정되지 않았다. 하유찬이 앙심을 품고 예전에 데몬스에 올린 영상 중에 내가 악역을 맡은 걸 까발리면 어떡하지? 영상을 지우기 위해 데몬스에 들어가려고 했지만 이미 비밀번호가 바뀌어 있었다.

다시 교실에 들어서자 석근수가 교실을 한창 헤집고 있었다. 석근수는 학급 문고에 꽂혀 있는 책을 집어 던지며 괴성을 질러 댔다.

"누구야! 누가 올렸냐고! 잡히면 그날이 초상 날인 줄 알아. 아, 씨! 기분 더럽다."

그래도 분이 안 풀리는지 역기를 들어 올리듯 책상을 머리 위로 치켜들었다. 책상 안에 있던 책들이 후두두 쏟아졌다. 모두들 숨을 죽였다. 석근수의 얼굴이 파르르 떨렸다. 눈썹이 꿈틀거리고 입 근처 근육이 씰룩거렸다.

"야, 떴다, 떴어!"

하유찬이 복도에서 망을 보다가 잽싸게 들어왔다. 석근수는 순식간에 책상을 그 자리에 메다꽂았다. 얼마 뒤 담임이 침울한 얼굴로 교실에 들어왔다. 한동안 침묵. 그리고 착 가라앉은 말투.

"석근수 말로는 그냥 장난친 거라는데. 아니, 그게 장난이라는 게 말이 돼? 제발 좀 말썽 일으키지 말라고, 특히 학교 폭력은 절대 안 된다고 몇 번이나 강조했잖아."

담임은 말 한마디 할 때마다 추임새처럼 한숨을 쉬었다.

"그건 그렇고, 김완이는 왜 이렇게 연락이 안 돼. 혹시 김완이랑 연락하고 지내는 사람? 없어? 하유찬, 너도 몰라?"

교실 분위기가 싸해졌다. 애들은 서로 눈치만 봤다.

"도대체 그 릴스는 누가 찍어 올린 거니? 그런 일이 있으면 재깍 선생님한테 왔어야지! 교직 생활 20여 년 만에 이런 어처구니없는 경우는 처음이야. 어떻게 된 게 우리 반은 하루도 조용할 날이 없는 거니?"

"좀비, 아니 김완이가 직접 올린 거 아닐까요? 컴퓨터실에서 수업할 때 이상한 소리가 들린 적 있거든요. 그 소리 딱 봐도……."

"딱 봐도, 뭐?"

담임이 다그쳐 물었다.

"야동……."

야동 소문은 한때 우리 머리에서 나온 좀비 골탕 먹이기 작전 중 하나였다.

"그거랑 이번 일이랑 무슨 상관이니?"

"얌전한 고양이 부뚜막에 먼저 올라간다는 속담도 있잖아요. 김완이가 겉으론 얌전해 보여도 엉큼하게 뒤로 호박씨 까는 스타일이거든요. 영화에도 그런 애들이 꼭 문제 일으키잖아요. 이번에도 사고 치고 잠수 탄 것일 수도……."

"하유찬! 너 지금 그게 무슨 말도 안 되는 소리야? 네 말대로

면 완이가 교실 어디에 CCTV라도 설치했다는 거야, 뭐야?"

하유찬은 시뻘게진 얼굴로 머리를 긁적댔다. 담임은 이맛살을 찌푸리며 말을 이었다.

"이번 사건은 사이버 수사대에 의뢰할 모양이야. 수사상 필요하다고 생각되면 릴스 올린 사람 신원도 파악할 거야. 이미 내 손을 떠나서 나도 어쩔 수 없어."

담임이 으름장을 놓고는 교실을 빠져나갔다.

아, 후회막급이었다. 괜한 짓을 해 가지고. 가슴이 세차게 뛰었다. 식은땀이 나고 머리가 어질어질했다. 경찰차의 사이렌 소리가 들리고 학교가 또다시 어수선해지자 숨이 멎는 기분이었다. 애들은 이 상황을 즐기는 것 같았다.

"너 괜찮아? 안색이 창백해."

신비가 다가오더니 손으로 내 이마를 짚으며 말했다. 신비한테 털어놓을까? 그럼 신비는 사람 잘못 봤다면서 나 같은 애랑은 앞으로 상종도 안 한다고 할지 모른다. 최측근 두 명의 배신으로 안 그래도 기분이 엿 같은데 신비한테까지 버림받는다면······. 그런 최악의 시나리오는 최대한 피하고 싶었다.

"샘한테 말해 줄까? 보건실 갈래?"

담임은 좀처럼 조퇴를 허락하지 않았다. 이유를 따져 묻고, 교무실에 있는 약을 챙겨 주고, 보건실에서 한 시간 누웠다 오라고 했다. 그래도 안 되면 그제야 집에 전화를 하고 병원에 가라고 했는데 이튿날 반드시 진료 확인서를 받아 와야 했다.

"괜찮아. 지금 조퇴하면 타이밍이 좀 그렇잖아. 수상하게 생각할걸."

"너만 당당하면 되지. 그리고 지금 그게 문제니?"

지금은 그게 문제 맞다. 자칫 말실수라도 했다간 깐깐한 담임한테 덜미를 잡힐 수도 있었다. 하지만 신비는 내 의사와는 상관없이 담임한테 말한 듯했고, 나는 학교 분위기가 어수선한 틈을 타 어찌어찌 조퇴할 수 있었다. 석근수가 어딘가로 호출당해 교실에 없는 게 다행이라면 다행이었다.

집에 도착했다. 숨이 가쁘고 입이 바싹바싹 탔다. 나는 대문을 열지 못하고 망설였다. 눈길을 돌리자 담장을 타고 올라가는 담쟁이 이파리가 바람에 물결치듯 흔들리고 있었다. 꼭 나를 비웃는 것 같았다. 다 뜯어 난도질해 버리고 싶었다.

이모는 없었다. 집안일을 도와주는 이모는 엄마의 가난한 사촌 언니다. 이모한테 전화하려다 말고 냉수를 벌컥벌컥 들이켰지만 갈증은 사라지지 않았다. 거미줄에 걸린 파리가 된 기분이었다. 안절부절못하고 앉았다 일어섰다 다시 앉으며 이 난관을 벗어날 궁리를 했다. 입술을 잘근잘근 씹으며 나도 모르게 다리를 달달 떨었다. 전화벨 소리만 들려도 가슴이 덜컥 내려앉았다. 그때 엄마가 허겁지겁 들어왔다. 퇴근 시간이 아니었다.

"임우제! 임우제! 당장 못 나와?"

내가 방에서 꿈쩍 않고 있자 엄마가 문을 확 열어젖혔다.

"너 사실이야? 학폭에 가담했다는 게 사실이냐고!"

엄마의 얼굴은 상기되어 있었다. 올 것이 온 것 같았다. 데몬스 영상에 내 모습이 나오지 않게 철저히 관리했지만 목소리가 나오는 것까진 치밀하게 신경 쓰지 못했다. 아마도 석근수는 하유찬을 증인으로, 영상을 증거로 내밀며 나를 사건의 주범으로 지목했을 터였다. 못 믿겠으면 국립과학수사연구원에 음성 분석을 의뢰해 보라고 큰소리쳤을 거고. 담임은 엄마한테 전화해 그 사실을 알렸을 것이다. 침대에 누워 있던 나는 이불을 뒤집어썼다.

"똑바로 못 앉아!"

나는 일어나 엄마를 향해 돌아앉았다.

"엄마 다시 나가 봐야 된단 말이야. 바빠 죽겠는데 이런 일로 성가시게 할래, 진짜! 얼른 말해. 사실이야, 아냐! 내 눈 똑바로 보고 얘기해."

"나는 그, 그냥 장난으로……."

눈물이 핑 돌았다. 자초지종을 말하려는데 울음부터 터져 나왔다. 숨 쉬기가 힘들었다.

"너 세 살 먹은 어린애니? 엄마 아빠 망신 주려고 작정했어? 이제 어떻게 할 거야, 어떻게 할 거냐고!"

엄마는 지치지 않고 속사포를 쏘아 댔다. 나는 갑자기 호흡이

가빠졌다.

"너 지금 혼날까 봐 꾀부리는 거니?"

엄마가 매정하게 말했다. 기도가 조여드는 것 같아 숨을 헐떡였다. 그때 누군가 후다닥 달려오는 소리가 들렸다.

"어머, 얘가 왜 이래. 얘! 우제야, 정신 차려!"

이모 목소리였다. 내동댕이쳐진 장바구니에서 달걀이 쏟아져 깨졌다. 눈꺼풀이 닫히고 어지러운 광경이 이내 시야에서 사라졌다.

"뭐 하고 있어. 얼른 119에 연락 안 하고!"

엄마를 다그치는 이모의 외침이 어렴풋하게 들려왔고, 나는 정신 줄을 놓아 버렸다.

다시 눈을 뜬 곳은 내 방 침대였다. 팔에는 링거 주사 자국이 있었다. 창밖은 완전히 어두웠다.

"배 안 고파? 뭐 좀 먹을래? 이모가 죽 좀 쑤었는데."

나는 고개를 저었다. 생각보다 몸 상태는 양호했지만 좀 더 엄살을 부릴 필요가 있었다.

"그래도 좀 먹어 봐. 이모가 먹여 줄까?"

그제야 못 이기는 척 일어나 전복죽을 먹기 시작했다. 곁에서 엄마가 팔짱을 낀 채 입을 열었다.

"얼마나 십년감수했는지 모르지? 내일 작은아버지한테 감사하다고 인사드려. 다시 한번 이런 일로 엄마 아빠 얼굴에 먹칠하면 알아서 해. 아들 자격 박탈할 거니까."

화가 안 풀린 목소리였다. 아들 자격 박탈? 할 테면 해 보라지. 내 입장에선 대환영이었다.

"그리고 당분간 외출 금지! 참, 영어 과외 시간 조정해 놨어. 준비해."

"말을 해도 꼭. 쯧쯧쯧쯧. 그리고 애! 너는 이 상황에 과외 시킬 생각이 나니? 너도 참 대단하다."

이모가 엄마를 향해 눈을 흘겼다. 엄마도 질세라 이모를 향해 눈을 흘겼다.

"그게 얼마짜리 과외인데. 전화해 봤는데 오늘밖에는 시간이 안 된대."

이모는 혀를 차며 깨끗이 비워진 죽 그릇을 들고 나갔다. 속에서 안도의 한숨이 나왔다.

핸드폰을 보니 신비한테서 부재중 전화가 다섯 통에 문자까지 와 있었다.

> 몸은 좀 괜찮음?

> 아직 안 좋아?

새벽 한 시. 신비가 잠들어 있을 시각. 난 문자를 찍었다.

괜찮아 |

 보낼까 말까 고민하다가 결국 글자를 하나하나 지워 나갔다. 커플링을 뺐다 끼웠다 끼운 채로 뱅뱅 돌렸다 하면서 한참을 만지작거렸다. 눈에 눈물이 차올랐다.
 일파만파로 퍼져 나가던 사건은 우여곡절 끝에 일단락됐다. 석근수 자식도 죽다 살아났을 거였다. 큰 문제가 될 뻔한 일이 예상외로 쉽게 해결된 건 어찌 보면 내 덕분인데, 석근수는 나를 증오하는 눈초리로 쏘아보기 시작했다. 그러거나 말거나 상관없었다. 하지만 은근히 신경 쓰이는 것까진 나도 어쩔 수 없었다.
 아무 일 없이 하루하루 지나가는 걸 보면 김완이가 그동안의 피해 사실을 제대로 말하지 않은 것 같았다. 영상을 봤을 텐데 솔직하게 말하지 않은 모양이었다. 내 입장에선 다행이었지만 무엇이 김완이의 입을 틀어막고 있는지 궁금했다.
 학교, 학원, 집, 학교, 학원, 집, 학교, 학원, 집……. 나는 다람쥐 쳇바퀴 돌듯 지냈다. 도마 위, 생사의 갈림길에서 아가미만 반복적으로 쩍쩍 벌렸다가 닫는 생선처럼 답답하고 불안한 날들이었다. 이모는 나한테 엄청 실망했을 텐데, 한마디도 하지 않았다. 아니, 내가 혹시라도 잘못될까 봐 노심초사하는 것 같았다. 이모를 실망시킨 게 미안해서 일요일에 이모를 따라 교회로 갔다. 하지만 난 이모가 믿고 의지하는 사랑의 하나님께 속마음을 털어

놓지 않았다.

 학교에선 최대한 튀지 않으려고 노력했다. 수업 중에 선생님이 우스갯소리를 해도 반응하지 않았다. 사회나 학교가 정해 준 정상 궤도를 이탈했던 나는 예전과 다른 모습을 보여 줌으로써 속죄하고 있다는 무언의 메시지를 전했다. 아빠는 학교 발전 기금을 두둑이 낸 모양이었다. 하지만 선생님들의 시선은 예전 같지 않았다. 신비와도 좀 어색해졌다. 신비도 나에 대한 소문을 듣고 뜨악했을 터였다. 신비한테 질척거리는 인상을 주고 싶지 않아 멀리했다. 내 생각을 읽었는지 어느 순간 신비도 나와 거리를 두는 느낌이었다. 신비에 대한 내 마음이 식은 건 아니었다. 학교에 있을 때 내 시선은 수시로 신비를 향했다. 이렇게 우리 둘의 관계가 흐지부지되는 건가 하는 생각에 마음이 아팠고 그런 현실을 부정하고 싶었다. 그럴수록 주말이 오기만을 목이 빠져라 기다렸다.

 나른한 아침, 교회에서 목사님의 설교를 듣는데 졸음이 쏟아졌다. 지루한 말들이 허공에 떠돌다가 귀에 닿기도 전에 흩어졌다. 머리를 흔들고 눈을 부릅떴지만 나도 모르는 새 또다시 꾸벅꾸벅 졸았다.

 "오후에 재활원 봉사 활동 갈 건데, 같이 갈래?"

 이모가 고개를 처박은 채 졸고 있는 나를 깨우며 말했다. 나는 고개를 끄덕였다. 최소한 집보다는 나을 것 같았다.

재활원에서 나는 침대에 누워 있던 장애인을 휠체어에 태우는 것을 돕다가 실수로 그를 넘어뜨렸다. 당사자는 아무말도 하지 않았지만 주변 사람들이 주의를 줬다. 결국 구슬땀을 흘리며 장애인들의 수발을 드는 이모를 멍하니 구경만 했다. 그러다가 건물 밖으로 나와 여기저기 쏘다녔다. 바람이 후덥지근했다. 집으로 돌아갈 때 이모는 나한테 아무 말도 걸지 않았다. 아무 말도 하기 싫었는데 다행이었다.

그날 저녁, 엄마가 영재고 입학 프로젝트를 들고 내 방에 들어왔다. 스케줄러에 빼곡하게 적힌 학원과 과외 스케줄.

"이 정돈 약과야. 엄살 부릴 생각 마."

엄마는 나와 눈도 마주치지 않고 단호하게 말했다. 엄마 말에 따르면, 나는 입이 열 개라도 할 말이 없는 애였기 때문에 반항은 금물이었다. 정체불명의 폐쇄 공간인 큐브 속에 갇힌 느낌. 복잡한 수학 공식과 기호가 허공에 떠다녔다. 탈출을 시도했다간 예리한 칼날에 몸이 댕강 잘리거나, 화염에 휩싸일 것 같았다.

나는 한때 튀는 걸 즐기는 편이었다. 학교나 학원에서 내 말이나 행동에 애들이 열광적으로 반응하면 내가 중요하고 특별한 사람이 되는 기분. 그건 나를 활어처럼 펄떡펄떡 살아 있게 했다. 하지만 엄마가 내 미래를 자기 것인 듯 꽉 틀어쥐고 이래라저래라 할 때는 속이 울렁거렸다. 꽉 짜인 스케줄을 억지로 소화하다 보면 위액이 역류하는 듯한 느낌에 사로잡혔다. 두려움이라는 괴물도 가슴속 은밀한 곳에 똬리를 틀고 언제든 나올 때를 기다리고 있었다.

　하루, 이틀, 사흘, 나흘……. 웃통을 벗고 있어도 목까지 단추를 채운 셔츠를 입은 듯 갑갑한 날들. 산소통이 필요했다. 고심 끝에 선택한 것이 잠시 중단했던 게임이었다. 가상 공간에서 때리고 찌르고 부수고 쏘고 박살 내다 보면 잠깐이나마 단추 하나가 툭 터지는, 꽉 막혔던 혈관이 뻥 뚫리는 느낌이 들었다. 가끔 내가 피 칠갑이 된 게임 속 캐릭터가 되는 환영을 보기도 했다. 그렇게 또 하루, 이틀, 사흘…… 열흘, 보름, 한 달이 지나갔다.

5. 사고

 무료한 토요일 오후였다. 마른장마가 끝나고 본격적으로 불볕더위가 시작되었다. 나는 에어컨을 빵빵하게 틀어 놓고 게임에 열을 올리고 있었다. 엄마의 감시망이 느슨할 때였다.
 한참 뒤, 인기척 소리에 재빨리 패드 화면을 인강으로 바꾸었다. 그러고는 태연하게 책장을 넘기고 볼펜 끝으로 머리를 콩콩 쥐어박다가 영어 문제집 지문에 밑줄을 그었다.
 "오늘 알지?"
 엄마가 귓불에 진주 귀걸이를 끼우더니 들뜬 표정으로 입을 열었다.
 "뭘?"
 "가족 동반 모임."

"나 바쁜 거 안 보여?"

더 이상 대화를 이어 나가기 싫었다.

"며칠 전부터 말했잖아. 시간 비워 두라고."

생각해 보니 그랬다. 나는 들고 있던 볼펜을 책상 위에 탁 내려놓았다.

"지금 공부 필 받았단 말이야. 그리고 이따가 학원 숙제도 해야 돼. 안 해 가면 죽음인 거 엄마도 알잖아. 나 영재고 못 가도 좋아?"

나는 엄마의 약점이 무엇인지를 정확히 파악하고 있었다. 예상대로 엄마는 흔들렸다. 복병은 아빠였다.

"잔말 말고 얼른 옷부터 갈아입어!"

아빠는 강압적인 자세로 호통부터 쳤다. 내 얼굴은 금방 경직되었고, 가슴속에서 반발심이라는 가시가 챙, 쇳소리를 내며 번득 날을 세웠다.

"1년에 한 번 있는 모임인데, 이럴 때 아니면 언제 보냐? 얼굴 익혀 두면 다 도움 돼. 너 나중에 사회생활 하다 보면 알겠지만 대한민국에선 인맥 무시 못 한다."

아빠는 넥타이를 매며 한마디 덧붙였다. 이번에는 살살 구슬리는 말투였다.

"그래. 엄마도 우리 잘난 아들 자랑 좀 하자. 학원 선생님한테는 엄마가 잘 말해 둘게."

나는 펴 놓았던 책을 탁 덮었다.

"되게 비싸게 구네. 좋아, 기분이다. 자, 특별 보너스!"

엄마가 지갑에서 5만 원짜리 지폐 두 장을 꺼내 주었다. 나는 못 이기는 척 받아 주머니에 찔러 넣고 엄마가 골라 준 옷을 입었다.

엄마가 모범택시를 부르자고 했지만 아빠는 그럴 시간 없다며 직접 운전대를 잡았다. 차고에서 차가 미끄러지듯 빠져나갔다. 담쟁이가 덩굴손을 뻗어 담장 위를 향해 기어오르고 있었다. 그 기세가 만만치 않아 보여 눈길을 던졌지만 금세 지나쳤다.

고급 일식집은 규모와 인테리어가 으리으리했다. 종업원들이 일렬로 줄 맞춰 서서 깍듯이 배꼽인사를 했다. 꼭 내가 텔레비전 뉴스에 카메라 불빛 세례를 받으며 등장하는 대기업 총수가 된 것 같은 기분이 들어 으쓱했다. 안내하는 방으로 들어가니 먼저 와 있던 사람들이 모두 일어났다. 아줌마들은 가볍게 목례를 주고받고 아저씨들은 악수를 하며 웃는 낯으로 인사를 나누었는데, 내 눈에는 어쩐지 가식적으로 보였다. 모두 합쳐 열두 명. 예상과 달리 애는 나 말고 딱 한 명이었다. 두꺼운 안경을 쓴 애는 불안한 듯 계속 손톱을 물어뜯었다. 그 애 엄마가 손을 탁 치며 주의를 주었지만 어느 순간 똑같은 짓을 반복했다. 잘 기억나지 않지만 낯이 익었다.

엄마가 메탈 쟁반에 놓인 따뜻한 천으로 손을 닦으며 말문을 열었다.

"애들은 다 어디 두고? 오늘 데려오기로 한 거 아니었어?"

아줌마들은 학원과 과외 핑계를 대며 엄마 눈치를 살폈다.

"성적이 자꾸 떨어져서 속상해 죽겠어. 과외 선생 스케줄이 꽉 차 있어서 빠지기가 좀 그래. 쏘리. 아유, 내가 자기라면 걱정을 안 한다. 우제는 요즘도 전교권이지? 영재고 정도는 식은 죽 먹기잖아."

액세서리로 요란하게 치장한 아줌마가 엄마의 비위를 맞춰 주자, 엄마 얼굴에 화색이 돌았다. 이야기의 주도권은 엄마한테 넘어갔다.

"이번에 형민이 국제 정보 올림피아드에 나가서 상 받았다며? 자기 한턱내야 되는 거 아냐?"

그러고 보니 두꺼운 안경의 정체가 어렴풋이 기억났다. 초등학생 때 이 모임에서 한 번 본 적이 있다. 자기 엄마 뒤에 몸을 가리고 숨어 있던 녀석. 그때도 두꺼운 안경을 쓰고 있었다. 어른들의 노력에도 서로 대화를 나눈 기억은 없다.

"인간 되겠나 싶어 걱정 많이 했는데 저런 재주가 있는 줄 누가 알았겠어. 어릴 때부터 컴퓨터만 끼고 살더니. 이러다 한국의 빌 게이츠나 스티브 잡스, 마크 주커버그가 되지 말라는 법 있어? 생긴 거야 뭐 나중에 수술하면 되고."

몹시 들떠 보이는 형민이 엄마 표정은 형민이 표정과 사뭇 대조적이었다.

"생긴 게 뭐 어디가 어때서?"

"누구 놀려? 아무리 엄마지만 나도 인정할 건 인정하거든요. 그나저나 자기는 저리 잘난 아들내미 공부 왜 시켜? 나 같음 아이돌 시킨다."

엄마는 이 말이 나오기만을 애타게 기다린 사람이었다.

"그동안 시킨 공부가 아까워서 그러지. 내가 애 멘사 회원이라는 거 말 안 했나? 근데 노력을 안 해요. 지가 뭐 아쉬운 게 있겠어. 열심히만 하면 엄마 아빠가……."

더 이상 듣기 거북할 정도로 식상한 레퍼토리.

아줌마들은 수다 삼매경에 빠져들었고, 어느덧 영재고 입학 자격 문제가 화제에 올랐다. 속이 울렁거렸다. 눈을 감고 묵언 수행하는 수도승이 되려고 노력했지만 허사였다.

"아이고, 말도 마. 영재고 보내는 거 하늘의 별 따기야."

"요즘은 영재고 열풍도 좀 시들해졌다던데. 일반고에 비해 내신이 많이 불리하다며."

"모르는 소리 마. 그래도 명문대 보면 안 그래. 작년에 명문대에 합격한 애들 중에 영재고랑 특목고 애들 차지하는 비율 보면 놀라서 까무러칠걸."

엄마가 정보통을 자처하며 풀어놓는 소리에 아줌마들은 하나라도 놓칠세라 집중했다. 아줌마들은 고입이라는 강줄기를 따라 흐르며 대입이라는 바다에 이르기 위해 고리타분한 항해를 시작했다. 아저씨들은 술잔을 주고받으며 정치, 주식, 부동산, 골프 이야기를 했다. 나는 한숨을 쉬며 귀에 이어폰을 꽂고 눈을 감았다.

초등학교 6학년 때, 난생처음 하고 싶은 게 생겼다. 늘 골골했던 내 몸은 몇 년 사이 건강해졌고 키는 하루가 다르게 자라 160센티미터를 훌쩍 넘겼다. 학교 농구부 감독 선생님이 뜬금없이 스카우트 제의를 해 왔다.

그동안 내가 농구하는 모습을 쭉 지켜봤다고 했다. 학교에서 길거리에서 공원에서 틈날 때마다 농구를 하고, 용돈으로 농구공과 농구화와 농구복을 사고, 프로 농구 시즌이 개막되자마자 표를 예매해 구경 가는 게 삶의 낙이었던 시절이었다. 그때만 해도 엄마는 공부만 하라고 닦달하지 않았다.

농구에 빠진 계기가 있었던 것 같은데 기억나지 않는다. 감독 선생님은 내 체격 조건이 완벽하고 재능이 탁월해 꿈의 NBA 무대에서 프로 선수로도 뛸 수 있다면서, 화려한 청사진을 제시했다. 나는 그 달콤한 유혹에 거의 넘어간 상태였다. NBA 결승 무대, 버저 비트가 울리는 순간 내가 던진 3점 슛이 그물을 출렁이며 골인! 그래서 최종 우승의 견인차 역할을 하고 뉴스에 나오는 상상. 가슴속에서 폭죽이 마구 터졌다. 초등학교 마지막 겨울 방학 때, 엄마가 영재고 입학이라는 목표를 세우고 무리한 과외 스케줄을 잡았을 때 나는 즉각 반발하며 구체적으로 내 포부를 밝

했다. 엄마의 반응은 예상 밖이었다.

"우리 아들한테 그런 재주가 있었어? 몰랐네."

엄마가 자비로운 미소를 띠며 칭찬을 아끼지 않았다. 그게 가면이라는 걸 깨닫기까진 오랜 시간이 걸리지 않았다.

"근데 그건 취미로 하면 돼. 그 감독이라는 사람의 사탕발림에 넘어가지 마. 네가 아직 어려서 세상 물정을 잘 몰라 그래. 그 사람이 네 인생 책임져 준대? 엉뚱한 데 한눈팔지 말고 엄마 말 들어. 엄마 친구 아들 명인이 알지? 걔는 벌써부터 학원 의대 반에 들어갔다더라. 넌 일단 영재고 들어가서 명문대 입학하고, 졸업 후엔 유학 가서 석박사 학위 따고, 번듯한 직업 가져야 돼. 알았지? 그럼 인생 활짝 피는 거야. 모든 걸 쥐락펴락하고 떵떵거리면서 살 수 있다고. 세상에 돈만 많으면 다 되는 줄 아니? 나는 돈만 많은 사람들 어쩐지 천박해 보이더라. 사람이 품격이 있어야지. 안 그래?"

그렇게 사는 건 내 인생이 아니라는 생각이 들었다. 엄마가 말하는 엘리트 코스를 밟다가는 발목이 접질릴 것 같았다. 나는 그럴 능력도 없고 자신도 없고 주제도 못 되고, 무엇보다 하기 싫다고 뻗댔다. 처음으로 하고 싶은 게 생겼다고, 나중에 후회하더라도 일단 해 보고 싶다고 매달렸다.

"얘, 그건 네가 행복한 거지, 우제가 행복한 건 아닌 것 같다."

주방에서 양파 껍질을 까던 이모가 구원 투수가 되어 주었다.

하지만 엄마는 대꾸할 가치를 못 느끼는 듯했다. 이러다간 평생 엄마의 포로가 될 것 같다는 불안감이 밀려들었다.

"NBA? 꿈 깨. 그게 누구 집 개 이름인 줄 아니?"

"엄마가 내 인생 대신 살아 줄 것도 아니잖아."

"그래, 네가 프로 농구 선수 됐다고 쳐! 혹시 선수 생활 하다가 심한 부상이라도 당하면? 선수 생명 끝, 인생 끝이야. 재기하는 게 쉬운 줄 알아? 다른 선수들은 빈둥빈둥 논다니?"

"그건 만에 하나잖아!"

"미리 예고하고 일어나는 사고가 어디 있어? 만에 하나지만 충분히 일어날 수 있는 일이야!"

"그럼 교통사고 나서 죽을까 봐 차는 어떻게 타!"

나는 목소리 톤을 높이며 맞섰다. 이모가 손을 씻고 와서 엄마를 설득하려고 일장 연설을 늘어놓았지만 씨알도 안 먹혔다.

"언닌 빠져! 언니가 애 교회 데리고 다니면서 진정한 삶이 어떻고 행복이 어떻고 뭐 그런 뜬구름 잡는 얘길 하니까, 얘가 이상한 데 물든 거잖아. 어휴, 속 터져! 왜 그렇게 오지랖이 넓어? 얘 잘못되면 언니가 책임질 거야? 앞으로 또 그럴 거면 교회에도 데리고 다니지 마. 언닌 그냥 언니 일이나 알아서 잘해, 제발 좀!"

엄마는 애먼 이모한테 덤터기 씌우는 걸로도 모자라 원망까지 퍼부었다. 나 때문에 이모가 괜한 봉변을 당하는 것 같았다.

"아, 몰라. 나 과외 같은 거 절대 안 해."

난 목청껏 소리치고 방문을 쾅 닫았다.

"그딴 거 할 생각이면 당장 나가 네 멋대로 살아! 붙잡지 않을 테니까. 고생고생하며 키워 놔 봤자 아무짝에도 쓸모없어."

엄마의 카랑카랑한 목소리가 벽을 뚫고 들어왔다. 불현듯 내 소중한 꿈을 '그딴 거'로 치부하는 엄마한테 더 이상 어떤 기대도 걸 수 없을 것 같았다. 엄마는 그날 교장실로 전화해서 도대체 농구부 감독이 누구냐고, 애한테 한 번만 더 헛바람 집어넣으면 교육청에 민원을 제기하겠다고, 엄마가 평소 내세우던 교양은 완전히 빼고 막 퍼부어 댔다. 주말에는 식음을 전폐하고 드러누워 결사반대 의지를 재확인시켰다. 이러다 엄마랑 철천지원수가 될 수도 있겠다는 생각이 들었다. 나는 그때 초등학생이었고, 결국 엄마의 뜻을 받아들이지 않을 수 없었다. 엄마는 세상 다정한 미소를 지으며 내 등을 토닥거렸지만, 나는 아무런 온기를 느끼지 못했다. 중학교 입학 후에는 그냥 로봇처럼 살았다. 하지만 엄마가 관여하지 않는 시간은 오로지 내 것이었다. 그때만큼은 스트레스를 풀어야 했고, 방식의 옳고 그름 따위는 따지지 않았다.

"위하여!"

나는 감았던 눈을 떴다.

아빠는 흥이 오르는지 건배를 제안한 상태였고, 모두 잔을 부딪쳤다. 술잔을 비우고 웃음소리가 이어졌다.

접시 위에는 내장을 들어낸, 장식용 생선 대가리가 미세하게 움직이고 있었다. 꼭 내 신세 같았다. 나는 살아 있지만 엄마 아빠의 장식품 그 이상 그 이하도 아니라는 생각에 비참한 기분이 들었다. 부모님이 하자는 대로 따라갔는데 저런 딱한 신세가 되면 어떡하나, 불안했다.

일식집에서 나온 시간은 밤 열 시쯤. 바깥에는 장대비가 쏟아지고 있었다. 일기 예보에 없던 비였다. 젖은 도로에 반사된 네온사인 불빛이 흔들려 시야를 방해했다. 아빠는 술에 잔뜩 취했고, 핸드폰을 들고 대리운전 이야기를 하며 누군가와 옥신각신했다. 발음이 뭉개져 알아듣기 힘들었다. 결국 곁에서 아빠를 부축하며 구시렁대던 엄마가 운전대를 잡았다. 엄마는 면허는 있었지만 초보 실력이었다. 직장이 집 근처라 운전할 일이 없기도 했다.

아빠는 차에 타자마자 곯아떨어졌다. 차 지붕에 내리꽂히는 빗소리와 아빠의 코 고는 소리가 내는 불협화음이 불길한 징조처럼 느껴졌다. 짜증을 억누르며 릴스를 보는데 문자가 왔다.

어디?

신비였다. 심장이 쿵, 하더니 아드레날린이 솟구쳤다. 순간 주변이 쥐 죽은 듯 조용해졌다. 나는 한참 뜸을 들이다가 그동안 아무 일 없었다는 듯 평범하게 답 문자를 보냈다.

> 어른들 개ㅋㅋ모임 갔다가

> 지금 집에 가는 중

> 완전 지옥이 따로 없었

> ㅎ낼 뭐 함?

> 나 꽁돈 생겼는데 영화 볼래?

> 내가 쏠게, 빵!

> ㅇㅇ

두 개의 이응이 내 동그래진 눈과 활짝 벌어진 입 같았다. 피식 웃음이 나왔다.

> 그럼 내일 봐

> 조심히 들어가구^^

나는 신비와 주고받은 문자를 보고 또 보다가 고개를 들었다.

엄마는 교차로에서 좌회전 깜빡이를 켜 둔 채 신호 대기 중이었다. 빗줄기가 차 지붕에 화살처럼 꽂혔다. 왠지 모르게 불안해졌다. 그리고 초록불 신호가 떨어지자마자 차는 앞으로 쭉 미끄러져 갔다. 그때였다.

"빵빵!"

맞은편에서 덤프트럭이 과속으로 돌진해 오다가 급정거했다. 당황한 엄마는 속도를 높이며 질주해 갔다. 브레이크를 밟는다는 게 액셀러레이터를 밟은 모양이었다.

"엄마!"

클랙슨 소리가 날카롭게 울렸다. 헤드라이트 불빛에 눈이 부셨다. 차체가 심하게 흔들렸다. 엄마가 급하게 핸들을 틀면서 몸이 왼쪽으로 확 쏠렸다. 순간 안전벨트를 매야 한다는 생각이 들었지만 늦었다. 끼이이이익, 쿵쾅! 그리고 암흑천지.

6. 개구리 왕자

깨어나 보니 병원이다. 묵직한 통증이 온몸을 짓누른다. 뒷좌석에 무방비 상태로 있던 나는 차창 밖으로 튕겨 나가고, 엄마 아빠는 안전벨트와 에어백 덕분에 큰 부상을 입지 않았다고 한다. 깨어났다가 자다가 다시 깨어나도 정신이 혼미하긴 매한가지다. 마치 늪에 빠져 하염없이 허우적대고 있는 느낌. 해일처럼 거대한 무섬증이 인다. 눈을 뜨고 정신을 차리면 감당하기 힘든 현실과 맞닥뜨릴 것 같다. 소용없는 줄 알면서도 그 느낌을 잊으려고, 잡생각을 물리치려고 무진장 애를 쓴다.

다시 정신을 차리고 보니 여전히 병실 침대에 누워 있다. 다리 수술을 한 뒤라고 한다. 다들 내 몸 상태에 대해 쉬쉬하는 분위기다. 깁스를 한 듯한 다리는 감각이 없다. 왼쪽 이마에서 관자놀이

쪽으로 상처가 깊어 성형 수술이 불가피했다는 말을 이모가 전한다. 숨쉬기가 버겁다.

"정밀 검사 결과, 다행히 뇌는 손상이 없는 것으로 나왔습니다."

의사의 사무적인 말투가 서럽다.

"예."

아빠는 극도로 말을 아낀다.

"하나님 아버지, 감사합니다. 감사합니다."

이모와 엄마가 갑자기 두 손을 맞잡고 기도를 올린다. 나는 하나님한테 뒤통수를 얻어맞은 기분이다. 하지만 머지않아 내 모습도 원래대로 돌아올 거라는 사실에 털끝만큼도 의심이 없다. 파도가 밀려왔다 가면 모래밭의 낙서가 말끔히 사라지듯이.

보름 뒤, 얼굴에 감겨 있던 붕대를 풀고 손거울을 본다. 심장이 펌프질을 해 댄다. 감았던 눈을 슬그머니 뜨자 손거울 속에 내가 아닌 흉측한 괴물이 나를 노려보고 있다. 점토를 반죽해 만든 얼굴 같다. 왼쪽으로 짧게 잘린 머리칼은 오른쪽과 비대칭이다. 부기가 가라앉지 않은 이마와 관자놀이 쪽은 벌겋다. 꿰맨 자국에 우둘투둘한 흉터까지 있는 괴물은 우울한 표정이고, 눈알은 충혈되어 있다. 간호사가 무표정한 얼굴로 간단한 처치를 하고 다시 붕대를 친친 감는다.

"흉터는 금방 아물 겁니다만……."

엄마와 의사가 몇 마디 대화를 주고받는다. 나는 점점 심장이 조이는 기분이다. 형체를 알 수 없는, 그래서 더 무시무시한 공포가 온몸을 찍어 누른다. 손거울을 병실 바닥에 내동댕이치고도 분이 안 풀린다. 곁에 있던 이모가 코를 훌쩍이며 빗자루를 들고 쓰레받기에 유리 파편들을 쓸어 담는다.

"그래도 그만하기 다행이야."

이모가 자신 없는 목소리로 말한다. 아니, 이건 다행이 아니라 불행이다. 하늘은 무너졌고 솟아날 구멍은 없어 보인다. 손으로 더듬더듬 붕대가 감겨 있는 부위를 만져 본다. 믿을 수 없다.

지쳐 잠이 들고, 다시 눈을 떴을 때 병실엔 아무도 없다. 이 고요함이 영 적응이 안 된다. 멍하다. 윙, 귀에서 간헐적으로 이명이 들린다. 그때 석근수와 하유찬이 짠, 하고 나타난다.

"왜?"

나는 대뜸 공격적인 말투로 묻는다.

"무슨 말이 그러냐? 당근 병문안 왔지. 걱정돼서. 섭섭하다, 임우제. 우리 우정이 이것밖에 안 됐냐?"

석근수의 말투와 눈에는 걱정의 빛이 묻어 있지 않다.

"생각보다 멀쩡하네? 혹시 꾀병 아냐? 학교 오기 싫어서."

하유찬이 농담인지 진담인지 분간하기 힘든 말을 나불댄다. 속이 부글부글 끓는다.

"야, 여기 무슨 호텔 방 같다. 역시 왕의 유전자가 있는 애는 달라. 우리 같은 평민들은 엄두도 못 내잖아. 아니 잠깐, 임 씨 성을 가진 왕이 있었나? 없잖아. 나는 있는데. 신라 석 씨 왕조의 임금 석탈해."

"임우제가 너를 왕으로 모셔야 하는 거 아닌가?"

둘은 실없는 소리를 흘리며 낄낄댄다.

"근데 다리에 한 깁스는 언제 푸냐? 설마 1년 꿇는 건 아니겠지?"

하유찬이 그럼 선배님이라고 불리는 거 아니냐며 개념 없이 지껄인다. 순간 극심한 두통이 일며 얼굴이 홧홧하게 달아오른다.

"나도 너처럼 다쳐서 한 1년 입원이나 했으면 소원이 없겠다. 그럼 엄마하고 담탱이 잔소리도 안 듣고 숙제도 안 하고 시험도 안 치고…… 오, 천국! 아니다, 수학여행은 꼭 가야 된다."

하유찬은 냉장고를 뒤져 오렌지 주스를 꺼내 마시고 트림까지 해 댄다. 석근수가 팔꿈치로 하유찬의 옆구리를 툭 친다.

"아, 너도 마실래?"

"난 망고 주스!"

석근수와 하유찬은 킬킬 웃으며 주스병으로 건배를 한다. 병문안 온 게 아니라 축하 파티를 하러 온 것 같다. 둘의 말소리만 들어도 스트레스가 쌓인다.

"안 가?"

"왜 자꾸 쫓아내려고 하냐? 없는 시간 쪼개서 왔더니. 우리 이래 봬도 바쁜 몸이다. 좀비도 제쳐 두고 너한테 달려왔단 말이야,

인마."

좀비라는 말에 왠지 가슴에 큰 구멍이 생긴 듯 휑헌 기분이 든다. 나는 침묵하며 돌아눕는다. 됐으니까 조용히 꺼져 달라는 뜻이다. 하지만 둘은 그럴 의사가 없어 보인다.

"근수하고 유찬이 왔구나."

마침 이모가 병실 문을 열고 들어온다. 둘은 본색을 숨기고 이모한테 깍듯이 인사한다.

"아직은 안정 취해야 되니까 며칠 뒤에 다시 올래? 미안."

다행히 이모가 일반 쓰레기 둘을 추방시킨다. 나는 깊은 한숨을 쉬며 엄마 아빠의 행방을 묻는다.

"엄마는 머리가 아프다고 해서 한숨 자고 오라고 집에 보냈어. 아빠는 회사에서 급하게 처리할 일이 있는 모양이야. 알잖아, 아빠 바쁘신 거. 네가 이해해."

눈시울이 뜨거워진다. 내가 이러고 있는데 엄마 아빠는 자식보다 자기 몸, 자기 일이 더 중요한 모양이다. 그동안 엄마 아빠 원하는 대로 살아온 나는 반품 처리되거나 분리수거장으로 갈 가능성이 크다. 그럴수록 가슴속에 그때 내 꿈을 포기하지 않았더라면 하는 후회가 집채만 한 파도처럼 밀려든다. 가출을 해서라도 내 뜻을 꺾지 말았어야 했다. 그랬다면 최소한 이 지경은 안 됐을 거라는 생각. 그 생각에 다시 엄마가 원망스럽다.

불 꺼진 병실에서 자정이 넘도록 잠을 못 이루고 뒤척인다. 사고 순간이 떠올라 나도 모르게 움찔움찔 놀란다. 풋잠이 들었다 가도 가위에 눌려 깨어나기를 반복한다.

다음 날부터 일가친척들과 엄마 아빠의 지인들, 선생님 그리고 반 친구들이 차례로 방문한다. 힘내라는 둥, 부디 용기 잃지 말라는 둥, 공부는 천천히 다시 시작하면 된다는 둥, 피나 살이 아닌 가시와 송곳이 되는 말만 늘어놓는다. 그럴 때마다 머리가 빠개질 듯 아프다. 내가 비명을 지르자 사람들은 당황해하거나 동정 어린 눈빛을 보내며 병실을 빠져나간다. 아빠는 미간에 잔뜩 주름을 잡으며 말한다.

"사내자식이 나약해 빠져 가지고는, 쯧. 빨리 잊어. 그게 신상에 이로워."

아빠는 정말 그게 가능하다고 생각하는 걸까? 와락 울화통이 치밀어 오른다. 내가 거칠게 숨을 쉬자 아빠는 무거운 한숨을 뿌리고 나간다. 병실에 나 혼자만 남게 되자 맥박이 차츰 정상 범주로 돌아온다.

똑똑! 소리에 눈을 뜬다. 잠깐 잠이 들었던 모양이다. 삐거덕 문이 열리더니, 여자애 목소리가 들린다.

"우제야. 임우제."

무척 조심스러워하는 목소리. 신비다. 나는 급히 이불을 끌어 당겨 머리까지 뒤집어쓴다.

"들어간다."

나는 갑자기 생각나서 손가락을 만져 본다. 가슴이 철렁 내려앉는다. 어떻게 된 거지? 커플링이 없다.

문 열리고 닫히는 소리, 살금살금 걷는 소리, 비닐 부스럭거리는 소리가 연이어 들린다. 신비가 어딘가에 무언가를 올려 두는 것 같다.

"자니?"

신비는 한숨을 포, 내쉬고는 한동안 병실을 서성거린다.

"누구?"

언제 왔는지 엄마 목소리다.

"우제 여자 친구?"

신비는 긍정도 부정도 하지 않는데, 엄마는 그걸 긍정으로 받아들인 듯하다.

"언제 여자 친구를 다 사귀었대? 그럴 시간이 없었을 텐데."

엄마 말에 신비가 수줍게 웃는 소리가 들린다. 아마 콧등에 잔주름이 졌을 테고, 오른쪽 볼에 보조개가 팼을 거고, 가지런하고 눈부시게 하얀 이가 살짝 보였을 거다. 어쩌면 앞으로 흘러내린 머리칼을 귀 뒤로 살짝 넘겼을지도 모른다. 목이 따끔거린다. 붕대를 풀고 내 끔찍한 얼굴을 보는 순간, 신비가 기겁하며 달아날 것 같다. 거두절미하고 문자로 '그만 만나.' 하며 절교를 선언할 것 같다.

"꽃향기 좋다."

비닐 부스럭거리는 소리의 정체가 신비가 사 온 꽃다발인 모양이다.

"이름이?"

"신비예요, 류신비."

"이름 신비롭네."

아재 개그 같은 엄마의 대사가 좀 부끄럽다.

"부모님은 뭐 하셔?"

"네?"

신비가 갑작스러운 질문에 당황하는 것 같다. 순간 내 얼굴이 화끈거린다.

"초등학교 선생님이에요, 두 분 다."

"교육자 집안이네."

엄마의 기준으로 사람을 평가하지 말라고 소리 지르고 싶지만, 나는 지금 자는 척 연기해야 한다. 그때 엄마의 핸드폰 벨 소리가 들린다.

"잠깐만. 통화 좀 하고."

엄마는 큼큼, 목소리를 가다듬더니 말을 잇는다.

"언니, 나 곧 시청에 나가 봐야 되는데. 시간 얼마 걸린다고? 어, 그래. 얼른 와."

엄마가 코트 입는 소리가 들린다.

"아들, 잠깐 혼자 있을 수 있지? 곧 이모 올 거야. 급한 일 있음 연락하고."

난 대꾸도 미동도 하지 않는다.

"깊이 잠들었나 보네. 무슨 잠을 저렇게 자는지 원. 반가웠다. 또 봐."

엄마는 내 일보다 더 중요한 일 때문에 서둘러 병실을 빠져나간다. 근처에 볼일 보러 왔다가 병문안하러 잠깐 들른 이웃집 아줌마 같다.

엄마가 나가고 얼마 지나지 않아 신비도 돌아간다. 나는 꽃다발을 병실 바닥에 내동댕이친다. 피처럼 붉은 장미 꽃잎이 사방으로 흩어진다. 고래고래 소리 지르며 발버둥을 친다. 때마침 들어온 이모가 질겁하며 비상벨을 누른다. 곧바로 간호사가 뛰어와 링거액에 주사를 꽂는다. 얼마 안 있어 정신이 몽롱해지고 몸이 축 늘어진다.

그날 밤, 신비한테 문자가 왔다.

> 힘내

> 얼른 나아서 같이 영화 보자

이모티콘 하나 없는 문자. 나는 메시지 삭제 버튼을 누른다.

> 메시지를 삭제하시겠습니까?
> 예

문득 김완이가 떠오른다. 언제였더라. 도덕 시간이었는데 장애인에 대한 혐오와 인종 차별 관련 동영상을 본 기억이 난다. 애들은 낄낄대며 서로를 비하하고 놀려 댔다. 선생님이 주의를 줘도 아랑곳하지 않았다. 애들은 특히 김완이 쪽으로 시선을 자주 던졌는데 김완이도 그걸 눈치챘는지 내내 고개를 숙이고 있었다. 동영상 시청이 끝나고 선생님은 활동지를 나눠 주었다. 수행 평가라고 했다.

'장애' 혹은 '인종'을 관련 지어 미래의 상상 일기를 써 보세요.

마침 이전 시간에 과학실에서 동영상으로 개구리 해부 수업을 들어서였을까? 그림 형제의 「개구리 왕자」가 떠올랐고 그 동화를 예로 들며 상상 일기를 썼다. 아무리 힘들고 고통스러워도 긍정적인 생각으로 난관을 극복해 나가야 행운도 따른다는 메시지를 담아서. 글쓰기에 대한 두려움 따위는 없었다. 엄마의 강요로 초등학생 때부터 논술 학원에 다닌 보람이 있었다.

상상 일기: 2040년 7월 20일 금요일, 날씨 맑음

3년간 내가 소속된 뇌 과학 연구소에서 히든 프로젝트로 진행했던 실험 결과물이 올해의 최우수 논문으로 선정되었다. 권위 있는 국제 학술지인 《네이처》에도 소개되었다. 기분이 좋아 동료들에게 통 크게 한턱 쏘았다. 밤 아홉 시경, 2차 가자는 걸 피곤하다는 이유로 정중히 거절하고 자율 주행 차에 올랐다. 자동으로 안전벨트가 채워졌다. 좋은 일 뒤에는 나쁜 일이 따른다고, 이런 때일수록 몸을 사려야 했다. 나는 수많은 축하 메시지에 일일이 답을 했다.

그런데 이 무슨 운명의 장난이란 말인가. 그날 밤, 폭주족의 전파 방해로 자율 주행에 오류가 생기면서 대형 교통사고가 났다. 나는 기적적으로 살아남았다. 하지만 왼쪽 다리를 크게 다쳐 불구의 몸이 되었다. 최악의 경우, 평생 휠체어 신세를 질 수도 있다고 했다. 다만 포기하지 않고 재활 치료를 꾸준히 받는다면 회복 가능성도 있다고 했다.

나는 무책임하고 하나 마나 한 소리를 듣고 절망에 빠졌다. 약물과 술로 시간을 허비했다. 사는 게 재미도 의미도 미련도 없었다. 부모님이 제발 정신차리라고 애걸복걸했지만 소용없었다. 사람들의 혐오 어린 시선은 물론 동정 어린 시선도 감당하기 힘들었다. 사고가 나기 전엔 나도 장애인들에게 그런 시선을 보내던 사람이었다. 한 치 앞도 모르는 게 인생이라더니 아, 후회막급이었다. 그러던 중 담당의가 닥터 류로 바뀌었다. 닥터 류는 내 치료에 헌신적이었다. 매일 상냥한 얼굴로 내 컨디션을 체크했고, 자신의 플레이리스트를 공유해 주었고, 직접 내린 드립 커피를 건네기도 했다.

"그림 형제가 쓴 「개구리 왕자」라는 동화 알아요? 마녀의 저주에 걸려 개구리로 변했지만 자신을 진심으로 사랑하는 공주의 키스를 받으면 다시 원래 모습으로 돌아온다는. 개구리는 그 가혹한 시간을 견뎌 내고 결국 원래 모습을 되찾아요. 비결이 뭐였는지 알아요?"

"뭐였는데요?"

"개구리 왕자는 푸시킨의 시를 내내 읊고 다녔대요. 삶이 그대를 속일지라도 슬퍼하거나 노하지 말라. 우울한 날들을 견디며 믿으라. 기쁨의 날이 오리니. 마음은 미래에 사는 것. 현재는 슬픈 것. 모든 것은 순간적인 것, 지나가는 것이니 그리고 지나가는 것은 훗날 소중하게 되리니……."

닥터 류는 뜸을 들이더니 다음 말을 이었다.

"자, 당신의 선택은?"

그렇다면 내가 개구리 왕자라는 건가? 어느새 내 가슴속에서 희망의 싹이 움트고 있었다. 나는 적극적으로 재활 치료를 받기 시작했고 온갖 고통을 이겨냈다. 그 덕분에 휠체어 대신 목발을 짚게 되었고, 점점 상태가 호전되었다. 다리를 절었지만 목발 없이 첫걸음을 내디뎠을 때는 세상을 다 가진 기분이었다. 뒤에서 박수를 치던 닥터 류의 눈에 눈물이 그렁그렁 맺혔다.

퇴원하는 날, 소소한 파티가 있었다. 닥터 류가 케이크에 촛불을 꽂고 병실로 들어와 퇴원 축하 노래를 불러 주었다.

"나 모르겠어?"

뜬금없는 질문이었다. 그러고 보니 어딘지 모르게 낯익었다.

"나 다은이. 류다은."

"설마 너 중학교 2학년 때 1반 류다은?"

다은이가 미소를 지으며 고개를 끄덕였다. 중학교 때 나랑 사귀다가 부모님 따라 유학 간 류다은. 다은이는 내 소식을 듣자 담당의를 자청했다고 했다. 반가움에 서로 포옹을 하고 샴페인을 터뜨렸다.

우린 1년 연애 끝에 결혼에 골인했다. 그리고 공동 대표로 뇌 과학 클리닉을 열었다. 사업은 승승장구했고 아들 딸 둘을 낳아 행복하게 살았다. 우리는 틈틈이 장애인에 대한 혐오와 편견과 차별에 대한 강연을 하고 있으며 장애인 치료를 위해 뇌 과학 연구에 몰두하고 있다.

당연히 수행 평가 점수를 잘 따기 위해 본심을 숨긴 글이었다. 푸시킨의 시는 이모가 종종 주술처럼 읊어 대던 시였다.

도덕 선생님이 다음 시간에 내가 쓴 상상 일기를 읽었던 기억도 난다. 심하게 오글거렸던 기억도. 애들은 미래에 나와 결혼에 골인한 닥터 류가 류신비 아니냐며 합리적인 의심을 했다. 웃으면서 아니라고 하자 질투 어린 야유를 퍼부어 댔다. 신비의 얼굴이 발개졌던가? 그때 불의의 교통사고를 언급했는데, 그렇다면 나한테 선견지명이? 어찌 되었든 지금 다시 생각해 본다. 개구리 왕자는 그 참담하고 혹독한 시간을 어떻게 버텨 냈을까? 언젠가 마녀의 저주가 풀리면 원래 모습과 명예를 되찾는다는 확신이 있었을까? 그 확신은 어떻게 얻은 거지? 정말 푸시킨의 시가 구원이 된 건가? 생각할수록 미궁 속에 빠지는 느낌이다.

거울을 피한다고 사고의 기억이 떠오르지 않는 건 아니다. 순간순간 그때 일이 떠오르고 밤이면 자주 악몽을 꾼다. 식은땀을 흘리며 새벽에 깨어나 조마조마한 마음으로 관자놀이를 더듬고 다리를 움직여 보지만, 또다시 절망뿐이다. 전력 질주를 하다가 뚜껑 없는 맨홀 속으로 곤두박질친 것 같은, 눈 깜짝할 사이에 일어난 그 사건은 나한테 청천벽력이고, 내 삶은 송두리째 흔들린다.

몇 번의 수술이 더 있었다. 얼굴 흉터는 차츰 옅어져 간다. 하지만 불안감은 옅어지지 않는다. 엄마와 이모는 눈여겨보지 않으면 알아차릴 수 없을 정도라고 나를 안심시킨다. 다리에도 조금씩 감각이 돌아오지만 여전히 남의 살 같다. 목발을 짚고 다녀야 하는 불편을 감수하는 게 고통스럽다. 정기적으로 심리 치료도 함께 받는다. 하지만 그딴 게 도움이 될 리 없다. 의사는 나한테 속에 있는 말을 허심탄회하게 털어놓으라고 하지만, 그랬다간 이상한 사람으로 낙인 찍힐지 모른다. 위험 환자로 분류되겠지. 이런 때야말로 침묵은 금이다. 챗GPT에 내 증세를 고백하고 문자 외상 후 스트레스 증후군을 앓고 있다고 답한다. 나는 극복 방법이 무엇인지 묻지 않는다.

조만간 다리 정밀 검사 일정이 잡혀 있다. 의사는 물리 치료를 받고 꾸준히 재활 훈련을 받으면 거짓말처럼 나을 거라고 똑같은 말만 반복한다. 거짓말처럼 나을 거라는 말이 거짓말같다. 오물을 뒤집어쓴 느낌이다. 내 몸에서 오물 썩는 냄새가 진동하는 것 같고, 뭔가 충전되지 않으면 몸이 흐물흐물 녹아내릴 것 같다. 의식이 가물가물해진다.

7. 기억

김완이는 쪼그려 앉은 채 몸을 최대한 웅크리고 있다. 3층 면학실 옆 높이 쌓인 사물함 뒤쪽이다. 그곳은 마치 보이지 않는 철조망으로 둘러싸인 우리 같고, 김완이는 별명 그대로 좀비 같다.

마치 연극 무대처럼 그곳에만 스포트라이트가 비친다.

"야, 뭘 망설여?"

석근수가 험상궂게 다그친다. 내가 왜 석근수의 말에 복종해야 하는지 잠깐 의문이 든다. 하지만 애들의 독촉에 난 별 고민 없이 손을 올린다. 그게 짜인 각본이다. 손바닥에 찌릿한 감각이 묻어난다. 애들의 우레와 같은 박수 소리가 귀청을 때린다. 선생님들은 기웃기웃 구경만 하고 대수롭지 않은 듯 지나친다. 김완이는 허깨비처럼 픽 쓰러진다. 간담이 서늘하지만 제어는 불가능하다.

나는 그렇게 프로그래밍된 로봇 같다. 석근수가 친절을 가장한 채 김완이를 일으켜 세운다. 김완이의 어깨가 가늘게 떨린다.

"오늘 네 생일 맞지? 축하한다."

내 목에서 흘러나오는 껄렁껄렁한 악당 소리가 자연스럽다. 하유찬이 케이크에 촛불을 꽂아 등장하고, 그걸 신호로 석근수가 육중한 몸으로 지휘하기 시작한다.

"왜 태어났니?"

"좀비! 좀비! 좀비!"

애들은 박자까지 딱딱 맞추어 완벽한 하모니를 만들어 낸다.

"왜 태어났니?"

"좀비! 좀비! 좀비!"

혐오 가득한 합창이 공간을 가득 메운다. 촛불은 위태롭게 흔들린다.

"너무 고마워하지 마. 대신 너 크게 한턱 쏴야 된다."

하유찬이 거드름을 피우며 말한다.

"어때? 기분 죽이지?"

나는 잔뜩 독이 오른 뱀처럼 차갑게 내뱉는다.

"왜 대꾸가 없어? 사람 말이 말 같지 않다는 건가? 좀비라서 말귀를 못 알아 처먹는 건가?"

나는 김완이를 내려다보며 빈정거린다. 김완이의 심장 뛰는 소리가 쿵쾅쿵쾅 들리는 것도 같다.

"뭐 해? 촛불 꺼야지. 소원도 빌고."

김완이는 숨을 죽인 채 가만히 앉아 있다.

"성의 무시하는 거냐? 아, 됐고! 딱 기다려."

어느새 내 손엔 리모컨이 쥐어져 있고, 망설임 없이 빨간 버튼을 누른다. 천장에 붙어 있는 화재 감지기에 빨간 불이 반짝거리더니 물이 쏟아져 내린다. 촛불은 꺼지고 김완이는 물을 뒤집어쓴다.

그런데 어느 순간, 김완이와 내 입장이 서로 바뀐다. 김완이가 한쪽 입꼬리를 추켜올리며 악의에 찬 웃음을 피식 흘린다. 나는 후환이 두렵다. 아니나 다를까, 김완이가 반격을 시작한다. 김완이의 덩치는 점점 부풀어 오르고 상대적으로 나는 점점 짜부라진다. 김완이가 삽차 같은 손으로 나를 덮치려 할 때, 으악! 몸부림치면서 깨어난다.

새벽 두 시. 이마와 목에 땀이 진득하게 묻어난다. 나는 이불을 뒤집어쓴 채 공벌레처럼 몸을 웅크린다.

악몽, 악몽, 악몽!

언젠가부터 악몽이 스토커처럼 나를 따라붙는다. 매 순간이 살얼음판이다.

문득 방 안 공기가 서늘하다. 오소소 소름이 돋는다. 잊었다고 생각했던 그날, 그 일. 싸매고 깁고 붙였던 기억이 뭉텅뭉텅 떠오른다. 초등학교 3학년 때였다. 그때 난 체격이 왜소했고 얼굴은 창백했으며 항상 빌빌거렸다. 집에서나 밖에서나 늘 웅크리고 다녔다. 부잣집 아들에 성적만 좋았지, 작고 볼품이 없었던 나는 장난감을 찾아 헤매는 애들의 표적이 되었다. 그때 나를 유독 심하게 괴롭히던 애가 있었다. 그 애 이름이 가물가물하다. 얼굴 생김새는 더 흐릿하다. 그 애는 반에서 덩치와 키와 목소리가 제일 컸다. 비슷비슷한 애들끼리 패거리를 만들었다. 머리가 좋아서 선생님들 앞에선 조금도 튀는 행동을 하지 않았다. 금품 갈취는 참을 수 있었다. 우리 집에는 돈이 많았고 내 수중엔 늘 몇만 원이 있었으니까.

하지만 그 애는 교묘한 수법으로 나를 괴롭혔다. 나에 대한 헛소문을 퍼뜨리거나, 내 옷과 가방과 신발과 학용품에 흠집을 냈다. 차라리 달라고 했으면 그냥 주었을지 모른다. 그 애는 나를 인격체로 대우하지 않았다. 샌드백이나 장난감이나 짐짝이나 쓰레기 취급했다. 당연한 듯 심부름을 시키고, 하지도 않은 일에 덤터기를 씌우고, 사명감을 가지고 애들로부터 나를 떼어 냈다. 그건 한 대 툭 치는 것보다 더 사람을 피 마르게 했다. 맡겨 놓은 것처럼 돈을 뺏어 갔고, 그 돈을 물 쓰듯 썼다.

그 애 패거리의 괴롭힘은 한 학기 내내 이어졌다. 부모님에겐 말하지 않았다. 엄마 아빠는 늘 바빴고, 내 일은 내가 알아서 해주길 원했다. 다달이 반에 피자나 햄버거 세트를 돌리는 걸로 부모의 역할을 어느 정도 한다고 믿는 것 같았다. 선생님은 가끔 나를 불러 "별일 없지?" 하고 묻는 게 전부였다. 아, 머리를 참 많이도 쓰다듬었다. 송충이가 스멀스멀 머리카락을 헤집고 다니는 기분이었다.

 그러던 중 사고가 났다. 흐린 날이었는데, 그 애가 갑자기 집에 가려는 나를 붙들더니 내기를 하자고 했다. 거부하면 앞으로 더 악랄한 방법으로 괴롭힘을 당할 게 뻔했다. 내가 질 걸 예상한 다른 애들은 미리 나한테 뜯어낸 돈을 가지고 편의점에 갔다. 그 애는 공사가 중단된 건물 2층으로 나를 데려갔다. 그때 그 을씨년스러웠던 풍경이 눈에 선하다. 방치되어 있던 철근과 목재와 온갖 도구들이 보인다. 시멘트와 페인트 냄새가 코를 찌른다. 그 애가 했던 말도 또렷이 기억난다.

 "너 여기서 뛰어내리면 더 이상 안 괴롭힐게. 맹세해."

 난 망설였다. 믿기 힘들었지만, 또 정말 거부하기 힘든 유혹이었다.

 "못 뛰어내리면 넌 영원히, 내 밥이야."

 나는 난간에 섰다. 기필코 성공해서 그 애의 손아귀에서 벗어나고 싶었다. 아래를 내려다보았다. 아찔했고, 다리가 후들거렸다.

 "겁쟁이!"

 초등학생이라고 하기엔 너무도 섬뜩한 그 애의 웃음소리가 기억난다. 그 애 역시 난간에 서 있었다. 그 순간 뭔가에 씐 것처럼 그 애에게 손을 뻗었다. 비명 소리가 아득하게 들렸고, 그다음부터는 기억이 안 난다. 엄마가 뒷수습을 했고, 나는 몇날 며칠 결석하다가 전학을 갔다. 나를 둘러싼 학교 폭력 사건이 함께 밝혀지면서 그 애도 다른 학교로 전학 갔다는 이야기를 들은 기억이 어렴풋하게 난다. 그 후 나는 꾸준히 상담 치료를 받았고, 머릿속에 안개가 낀 듯 그날 일은 점점 흐릿해져 갔다.

나는 엄마가 주는 보약을 꼬박꼬박 챙겨 먹었고, 태권도 학원에 다녔고, 공부에 열중했다. 두 번 다시 누군가의 밥이 되긴 싫었다. 나는 점점 달라지기 시작했고, 가끔 내가 남처럼 느껴졌다. 그러다 지금의 내가 되었고, 어느 순간 나는 다른 사람이 되어 있었다.

8. 나는 학교에 갔다

　병실 침대에 방금 벗은 환자복이 허물처럼 널브러져 있다. 나는 환자복을 움켜쥐고 쓰레기통에 집어 던진다. 다시는 입고 싶지 않다.
　두 달여 만에 갈아입은 내 옷은 우주복처럼 불편하다. 엄마 대신 이모가 퇴원 수속을 밟으러 병실을 나간다. 유리창에 후줄근한 내 모습이 비친다. 신경질적으로 커튼을 치고 모자를 꾹 눌러쓴다. 정신을 딴 데로 돌리고 싶어 텔레비전을 켠다. 배꼽을 잡고 보던 예능 프로에서 흘러나오는 웃음소리가 나를 조롱하는 것 같다. 리모컨으로 전원 버튼을 꾹 누른다. 텔레비전도 눈을 감고, 나도 침대에 모로 누운 채 눈을 감는다. 그때 삐거덕 문 열리는 소리가 들린다.

"저기…….."

가늘게 떨리는 작은 목소리. 나는 소리의 주인공을 단박에 알아차린다. 김완이. 그동안 반 아이들이 한 번씩 다녀갔지만, 김완이는 오지 않았다. 그 사실은 기한을 넘기고도 제출하지 않은 수행 평가 과제처럼 마음을 불편하게 했다.

김완이가 신발을 끄는 마찰음에 신경 세포가 곤두선다. 숨기고 있던 비밀이 까발려진 것 같은 낭패감이 든다. 도무지 김완이를 볼 엄두가 안 난다.

김완이가 조심스레 소파에 앉는 소리가 들린다. 고문이나 다름없다. 김완이가 병문안을 올 이유는 없다. 그동안 죽을힘을 다해 참다가 갑각류가 허물을 벗을 때처럼 가장 약하고 초라해졌을 때 복수하려고 찾아온 걸까.

"괜찮아?"

기어들어 가는 소리. 그 미약한 소리가 송곳처럼 귀를 뚫고 내 가슴을 들쑤신다. 나는 침을 삼키고 숨소리를 죽인다.

김완이는 5분쯤 머물다 나간다. 이건 마치 한 편의 역전 드라마 같은 권투 경기다. 시작부터 불공평한 경기였다. 우리, 아니 나는 독주하다시피 게임을 이끌고 가다가 결정적인 순간에 케이오 패를 당하는 신세가 된다.

집으로 돌아온다. 집은 더 이상 아늑한 공간이 아니다. 화나고 주눅 들고 자포자기하다가 갑자기 흥분하고 짜증 내고 그러다가 다시 의기소침해진다. 가족들은 나를 보며 안타까운 표정을 짓는다. 나는 그것마저 참을 수 없어 소리를 지른다. 그러고 나면 조급증 환자처럼 안절부절 못한다.

"다시 예전처럼 돌아갈 수 있어. 힘내, 응?"

이모의 근거 없는 확신이 내 가슴속에서 튀는 불똥들을 소용돌이치게 만든다. 나는 내 눈을 똑바로 보면서 말하라고 발광하듯 요구하고, 이모의 눈동자는 심하게 흔들린다.

세상과 이어진 끈이 닳고 닳아 썩은 동아줄이 된 듯한 느낌이 든다. 가끔은 도수가 맞지 않는 안경을 쓴 것처럼 어질어질하다가 사물이 흐릿하게 보이기도 한다. 그리고 어느 순간, 둔기로 뒤통수를 얻어맞은 것처럼 띵하다. 귀에서는 간헐적으로 이명이 들린다. 윙 하는 기분 나쁜 소리는 머릿속에 기생하면서 불쑥불쑥 기억하기 싫은 영상을 끄집어낸다. 몸속에 악령이 깃든 것만 같다.

엄마 아빠는 이제 나한테 두 손 두 발 다 든 것처럼 행동한다. 인생이 배배 꼬인 느낌이다. 어디서부터 엉킨 매듭을 풀어야 할지 갈피를 잡을 수가 없다. 매듭을 푼다고 한들 모든 게 원상 복구될 가능성은…… 없어 보인다. 샤워기를 틀어 놓고 얼굴과 다리의 흉터 부위를 마구 비빈다. 살갗은 벌겋게 달아오르고 바늘에 찔린 듯 따끔거린다. 패딩을 입고 한증막에 들어간 것처럼 후텁지근하고 갑갑하다. 그러다가 무덤에 드러누운 것처럼 서늘하다. 문득 김완이를 떠올린다. 그애는 매일이 끔찍했을 텐데, 괴롭힘을 당할 때마다 기분이 어땠을까? 언젠가 신비가 했던 말이 기억난다.

'1반 쓰레기래, 일반 쓰레기. 재활용도 안 되는.'

말이 씨가 된 걸까? 그럼 다음 단계는 쓰레기 하치장으로 가서 활활 타올라 한 줌 재가 되는 건가? 순간 불에 덴 것처럼 얼굴이 홧홧하다.

여름 방학이 지나 처음으로 집 밖을 나선다. 안 본 사이에 담쟁이는 담장을 거의 뒤덮고, 몇몇 덩굴손은 허공에서 갈팡질팡한다. 위태로워 보인다. 홧김에 뜯었던 담쟁이 덩굴손이 떠오른다. 그때 졸지에 봉변을 당한 덩굴손도 지금의 내 기분 같았을까.

엄마가 호출한 택시가 도착한다. 담임은 방학을 제외해도 결석 일수가 60일에 육박하고, 출석 일수가 부족하면 3학년으로 올라갈 수 없다고 통보했다. 엄마는 부랴부랴 보호자 동행 체험 학습을 신청했다. 걸리지도 않은 유행성 결막염 진료 확인서를 첨부해 제출하기도 했다. 모든 수단을 동원해도 안 되자, 결국 아직 마음의 상처가 아물지 않은 나는 단지 진급을 위해 등교한다. 내가 원해서가 아니라 엄마가 원해서다. 엄마는 택시 뒷문을 열고 자리에 앉는다. 안 타고 뭐하냐는 듯 클랙슨 소리가 들린다. 나는 자포자기하며 운전기사 옆에 타고는 귀에 이어폰을 꽂고 눈을 감는다.

학교에 도착해 본관 출입구 쪽 계단을 올라간다. 발이 꼬이는 바람에 넘어질 뻔했지만 목발을 이용해 겨우 중심을 잡는다. 택시에서 내린 엄마가 황급히 뛰어온다. 나는 엄마의 부축을 거절하고 중앙 현관으로 뛰다시피 간다. 엘리베이터를 탄다. 거울에 비친 내 모습을 보고 나는 반사적으로 머리카락으로 흉터를 가리고 모자챙을 더 아래로 내린다.

　살풍경한 교실을 예상했던 나는 칠판 가득 쓰여 있는 환영의 글을 보고 할 말을 잃는다. 칠판 위엔 오색 빛깔 풍선이 대롱대롱 매달려 있다. 풍선 하나에 글자 하나씩.

　우　제　야　환　영　해

　너무 비현실적이어서 멍하니 서 있는데, 석근수가 다가와 진찰하듯 나를 살펴본다. 그러고는 격하게 환영한다며 내 모자를 툭 건드린다. 나는 반사적으로 석근수의 손을 쳐 낸다.
　"치워!"
　"너무 심한 거 아냐?"
　나는 석근수를 노려본다.
　"생각보다 상태가 안 좋네. 진심 걱정된다, 옛날 친구. 아차, 너 커플링 어떻게 했어?"
　석근수는 비아냥대며 등을 돌리더니 다시 확 돌아서서 묻는다. 나를 궁지에 몰려고 작정한 것처럼 군다. 신비 들으라는 듯 큰 소리로. 하지만 그 정도로 신경을 긁는 건 참을 만하다. 나는 희미하게 비웃어 주는 것으로 대답을 대신한다. 석근수가 다가와 귓속말을 한다.

"이제 좀 현타가 오냐?"

나는 심장이 쿵 내려앉는다.

"왜? 쫄려?"

석근수는 시시덕대며 내게서 멀어진다.

애들은 임우제 도우미라도 되려는 듯 내 주위를 맴돈다. 나를 도우면 상점을 받거나 청소를 면제받거나 봉사 부문 학교장 표창장을 받기라도 하는 건가. 애들이 내 모습에 고소해하지는 않을까, 신경을 긁진 않을까, 전전긍긍했던 난 휴, 조심스럽게 안도의 한숨을 내쉰다.

마음이 편치 않은 건 김완이와 신비 때문이다. 김완이와 나 사이에 뭔가가 생겼다. 그건 텅 빈 교실, 휑뎅그렁한 운동장, 이사 나간 집, 사람들이 찾지 않아 한물간 놀이공원, 앙상한 겨울 산, 살얼음 낀 호수 같기도 하다. 가끔 나와 눈이 부딪치면 김완이는 재빨리 고개를 숙이거나 돌린다. 그리고 또 신경 쓰이는 애, 류신비. 신비만 생각하면 눈물이 핑 돈다.

나는 그다음 날도 벌레 씹은 표정으로 학교에 간다. 엄마는 다니다 보면 적응될 거라고 믿어 의심치 않았지만 내가 보기엔 판단 착오다. 학교는 싱크홀 자체다. 거기에선 수시로 컴컴하고 습한 구렁텅이로 처박히는 느낌이다. 그럴 땐 축축한 뭔가가 온몸을 핥는 불쾌함을 떨칠 수가 없다. 한 가지 확실한 건, 학교도 학교 밖도 더 이상 내 세상이 아니라는 거다.

계속 책상에 엎드려 있다가 3교시 때 미술실로 이동한다. 벽에 걸린 빈센트 반 고흐의 〈별이 빛나는 밤〉을 보는데 울컥한다. 마치 세상과 동떨어진 내가 고흐가 되어 밤 풍경을 바라보는 것처럼 마음이 저리다. 눈물을 흘리지 않으려고 시선을 돌리는데 석근수가 어슬렁어슬렁 김완이에게 다가가는 모습이 보인다.

"야, 좀비!"

꼭 나 들으라고 하는 말 같다. 석근수의 나를 향한 보복의 끝이 어디까지인지 감을 잡을 수가 없어 무섭다.

"너 임우제랑 절친이잖아. 사이좋게 같이 다니지 그러냐?"

김완이는 표정에 변화가 없는데 내 얼굴은 일그러진다.

"우히히히! 볼 만하겠다. 좀비 듀오의 탄생인가?"

하유찬이 기다렸다는 듯 끼어든다. 그러고는 말이 끝나기 무섭게 석근수와 어깨동무를 하고 좀비 춤을 추며 김완이와 내 주위를 알짱거린다. 애들의 폭소를 유도할 작전이었는지 주위 반응을 살피지만 다들 거들떠보지도 않는다.

"어때, 좀비 킴. 같이 해 볼래?"

석근수가 수학 문제집을 풀고 있는 김완이를 지목한다. 김완이는 고개를 몇 번 젓기만 할 뿐, 별다른 저항을 하지 않는다. 내심 김완이가 머리로 석근수의 얼굴을 들이받아 코피라도 터뜨려 주기를 바라지만 그런 일은 일어나지 않는다.

마침 구원의 종소리가 들린다. 하유찬은 수학 문제집을 바닥에 떨어뜨리고 자기 자리로 돌아간다. 김완이는 굼뜨고 뻣뻣하게 문제집을 줍는다. 어쩌면 이제 나도……. 아니, 얼마 전에 문득 떠오른 기억이 맞는다면, 나 역시 초등학생 때 김완이 같은 아이였다. 그런데 어떻게 그걸 새까맣게 잊고 똑같은 짓을 했을까? 그때 내가 얼마나 괴로웠는데. 나는 머리를 흔들며 자리에서 벌떡 일어나 교실 밖으로 뛰쳐나간다.

그날 밤, 발신인 번호가 뜨지 않는 의문의 문자가 온다.

> 성형 수술은 몇 번이나 했냐 성괴 ㅉㅉ

애써 무시하려는데, 또 문자 수신 알림음.

> 임우제수없어, 우웩!

머릿속에 세 명의 얼굴이 동시에 떠오른다. 석근수? 하유찬? 김완이? 셋의 얼굴이 눈앞에 빙글빙글 돌자 내 머리도 핑글핑글 돈다.

9. 습격

 어젯밤 잠을 설친 나는 아침부터 컨디션이 엉망이다. 그 때문인지 학교에 오자마자 급발진한다.
 "너지?"
 나는 다짜고짜 김완이에게 따진다. 제일 먼저 눈에 띄었고, 그나마 김완이가 만만하니까. 내가 김완이에게 하는 말의 파장이 석근수와 하유찬에게 가닿길 바란다.
 김완이는 멀뚱하니 나를 바라본다. 그 눈빛에서 김완이가 범인이 아니라는 걸 알아차린다. 그렇다고 그대로 물러서기엔 뻘쭘하다. 아직도 나는 남의 상처보다 내 자존심이 중요하다.
 잡았던 멱살을 풀자 김완이는 날이 환할 때 맥을 못 추는 좀비처럼 허물어진다.

"네가 그러고도 친구냐?"

내가 뱉은 말은 곧장 가시가 되어 내 심장을 후빈다. 따지고 보면 내가 그렇게 말할 자격은 없다. 나는 단 한 순간도 김완이를 친구로 생각한 적이 없으니까.

"내 꼴 보니까 기분 째지지? 말해 봐. 이거 네가 보낸 거 맞잖아!"

나는 김완이한테 지난밤에 온 문자를 보여 주며 거침없이 퍼붓는다.

"아, 시끄러워. 공부에 집중을 할 수가 없잖아."

웬일로 평범한 학생 코스프레를 하던 석근수가 새끼손가락으로 귀를 후비며 말한다. 그러고는 손바닥으로 책상을 내려치며 자리에서 일어선다. 껌을 질겅질겅 씹으며 껄렁껄렁 다가오던 석근수는 곁눈질로 문자를 힐끔 보더니 피식 웃는다.

"왜 엉뚱한 애를 잡고 그래?"

석근수 말에 나는 뒤로 주춤 물러난다. 적개심을 드러내는 눈빛이 상당히 위압적이다. 몇몇 애들이 눈을 흘기며 구시렁댄다.

"넌 상관 마."

나는 이를 악문 채 으르렁댄다.

"아우, 살벌해라. 근데 어쩌냐? 상관이 있는 것 같은데."

"무슨 말이야?"

묻지 말았어야 했지만 이미 화살은 시위를 떠난 후다.

"두뇌 회전이 그렇게 안 돼? 임우제 혹시 트라우마 뭐 그런 거 때문에 기억 상실증 걸린 거 아님?"

석근수가 옆에 있던 하유찬한테 묻는다. 하유찬은 어깨를 으쓱한다. 주먹을 꽉 쥔 탓인지 손바닥에 손톱이 찍힌다. 한때 데몬스 놀이를 했다는 사실이 창피하다 못해 저주스럽다.

"그럼…… 이거 네가 보낸 거냐?"

또 멍청한 질문을 하고 만다.

"빙고!"

석근수는 발뺌하지 않는다.

내 입에서 목에 걸려 갈그랑거리던 욕설이 재채기처럼 튀어나온다. 애들이 수군거리며 내 시선을 피한다. 내가 웃고 떠들고 장난치고 공부했던 교실이 아닌 것 같다. 김완이는 쓰레기봉투처럼 찌그러져 있다.

"뭘 이까짓 것 가지고 흥분해? 천하의 임우제답지 않게."

석근수가 승자의 여유를 부리는 것 같아 속이 메스껍다.

"그건 그렇고, 야! 너 우리 큐티 좀비한테 사과 안 해?"

석근수가 김완이의 대변인처럼 행세한다. 사과라니? 그건 마지막 남은 자존심에 스크래치를 내는 일이다. 나는 그길로 가방을 메고 담임 허락도 없이 교실을 벗어난다.

"야, 좀비! 구해 줬는데 뭐 없냐?"

석근수 목소리가 뒤따라오다 끊긴다. 문득 신비가 나를 쭉 지켜보고 있었다는 느낌에 사로잡힌다. 뒷골이 땅긴다.

　나 혼자 대열에서 낙오되었지만 세상의 톱니바퀴는 그것과 상관없이 잘 돌아가는 듯하다. 모든 게 거짓말같다. 애들은 여전히 웃고 떠들고 장난치고 공부하고, 길거리의 사람들도 여전히 바쁜 듯 움직이고, 차들도 쌩쌩 잘 달린다. 그 사실에 불뚝 화가 난다. 외로움이 이렇게 지독하고 기분 나쁜 감정인 줄 몰랐다. 문득 왕따 베테랑인 김완이는 그 오랜 시간을 어떻게 버텨 냈을까 의문이 든다.

　철컥, 현관문 닫히는 소리에 소파에 누워 있던 엄마가 벌떡 일어난다. 한쪽으로 눌린 머리를 매만지며 다그치듯 묻는다.

"이 시간에 웬일이야?"

　엄마는 내가 자신의 휴식을 방해한 것처럼 말한다. 나는 만사가 귀찮아 대꾸하지 않는다. 목발을 현관에 내팽개친다. 방으로 들어가 침대에 가방과 몸도 내팽개친다. 무릎에 찌릿찌릿 통증이 온다.

　엄마는 휴직 중이다. 사유는 내 병간호. 시청에 휴직계를 내고 돌아왔을 때 엄마는 이틀 동안 방에서 거의 안 나왔다. 휴직계를 내기 전, 엄마는 이모에게 월급을 더 올려 준다는 미끼를 던졌다. 하지만 이모는 단호했다.

"제발 돈, 돈, 돈, 그러지 마라. 내가 돈 때문에 이러니? 너란 애는 정말. 됐고! 너도 한 번만이라도 엄마 노릇 좀 해 봐. 누가 그

잘난 직장 때려치우래? 당분간만 휴직하라고. 일단 우제부터 챙기란 말이야. 저게 애 얼굴에서 나올 수 있는 표정이니?"

이모 딴엔 초강수를 둔 거였다. 엄마는 완전히 흥분의 도가니에 빠졌다. 막 비명을 지르면서 머리칼을 쥐어뜯더니 이모의 아킬레스건을 건드렸다. 이모가 죽기보다 싫어하는 이모부 이야기를 꺼낸 거다. 이모는 얼굴이 사색이 되어 우리 집에서 나갔고, 내 전화도 받지 않았다.

그 일 이후, 엄마는 우거지상으로 지낸다. 환자인 내가 미안할 정도다. 아니, 환자는 내가 아니라 엄마인 것 같다. 나는 엄마를 위해 따뜻하게 데운 우유를 건네는 선심을 쓴다. 하지만 돌아온 반응에 할 말을 잃는다.

"됐어. 너나 마셔."

문득문득 덜컥덜컥 겁이 난다. 겁이 날 때마다 쪼그려 앉아 몸을 웅크린다. 손으로 귀를 막고 무릎 사이로 머리를 쑤셔 넣는다. 그럼 걷잡을 수 없이 뛰던 심장 박동 소리가 점차 잦아든다. 엄마는 나의 그런 행동을 못 참는다. 남들이 이상하게 볼까봐, 그래서 애가 이상하다고 소문날까 봐. 핀잔을 주면서 안전하게 조립된 나를 순식간에 해체해 버린다. 불안해진 나는 엄마한테 소리를 지르고, 엄마는 좌절 모드로 돌입하고. 이런 악순환이 시도 때도 없이 반복된다. 나는 엄마가 제발 다시 직장에 나가면 좋겠다. 예전처럼 집에 늦게 오면 좋겠다. 예전처럼 승진에 목숨 걸면 좋겠다. 엄마가 시시콜콜한 것까지 다 간섭하면서 내 신경은 갈수록 날카로워지고 있다.

목이 말라 방에서 나온다. 냉장고 문을 연다.

"이 시간에 웬일이냐고 물었잖아."

"조퇴."

나는 자포자기하듯 대답한다.

"뭐 해?"

"물."

나는 냉장고에 물병을 넣고 얼른 자리를 피한다.

"어디 가?"

"……."

"왜 아무 말이 없어?"

"화장실!"

매사에 이런 식이다 보니 피곤하다. 엄마와 얘기하느니 어항 속의 금붕어하고 뻐끔뻐끔 대화를 시도하는 게 백번 낫겠다는 생각이 든다. 내가 계속 이런 상태면 엄마의 휴직 기간이 연장될지 모른다. 그건 개와 고양이를 한 우리에 가두어 놓는 것과 다를 바 없다. 그리고 나를 두 번 죽이는 거다.

아빠한테 전화 걸다 지친 엄마가 사방팔방 전화를 걸어 구구절절 푸념을 늘어놓는다. 울먹이는 소리도 간간이 들려온다.

나는 침대 머리맡에 있는 알약 통을 집어 던진다. 통 뚜껑이 열리면서 하얀 알약들이 마구 쏟아진다. 또르르 구르며 흩어지는 알약들이 까르륵까르륵 나를 비웃는 것 같다.

다음 날도 그다음 날도 학교에 간다. 엄마하고 하루 종일 집에 같이 있는 것보다는 숨쉬기가 편하다. 그렇다고 학교가 탈출구라는 뜻은 아니다. 나는 애들이 베푸는 친절이 가증스러워 내내 시큰둥한 반응을 보인다. 그러자 어느 순간 애들은 마치 그러기를 기다렸다는 듯 나를 무관심하게 대한다. 수업 장소나 준비물 등이 갑자기 변경되어도 알려 주지 않는다. 몰래 귀띔해 주는 애도 없다. 보호자 동행 체험 학습을 떠난 신비의 자리는 텅 비어 있다.

"왜 나한테 오늘 이동 수업 말 안 했어!"

"넌 특별 대우 받잖아. 샘들도 암말 안 할 텐데, 뭐. 나 같으면 그깟 수업 아예 안 들어가고 게임이나 실컷 하겠다."

딱히 누구에게랄 것도 없이 그냥 던진 말이었는데 하유찬이 퉁명스럽게 대꾸한다.

"와, 개부럽다. 누구는 준비물 안 가져와도, 수업 시간에 늦게 들어와도 벌점 안 받고. 이런 게 바로 역차별이야, 역차별! 민주주의 국가에서 그것도 완전 공평해야 할 교육 현장에서 이러면 안 되는 거 아니냐고."

석근수도 빈정대듯 툭 던지고 지나친다.

"지금 나 들으라고 하는 말이냐?"

나는 참지 못하고 따져 묻는다.

"뭐가?"

"방금 그 누구가 누군데!"

나는 입에 거품을 문다.

"너 아닌데? 뭐 찔리는 거 있어? 예민하네."

석근수는 뻔뻔하게 발뺌한다. 나는 씩씩대며 등을 돌린다. 더 승강이 벌여 봤자 시간 낭비, 에너지 낭비일 뿐이다. 안 보면 그만이다.

"치사하고 쪼잔한 놈들."

"애정이 가득 담긴 그 표현 너무 설렌다."

내가 중얼거리듯 한 말에 하유찬이 느끼하게 맞받아친다. 그러면서 몸을 배배 꼬며 진상 짓을 한다.

"근데 네가 지금 우리한테 뭐라 할 처지는 못 되는 거 같은데. 내 말 틀려?"

석근수는 여유 만만하게 나를 구석으로 계속 몰아붙인다. 당장이라도 석근수에게 주먹을 날리고 싶다.

"왜? 한 대 치시게?"

"야, 담임 온다."

책상 위에 앉아 있던 하유찬이 급히 내려오며 속삭인다.

"모두 제자리!"

때맞춰 담임이 교실로 들어오면서 말한다. 종례 시간이다. 담임은 큼큼 목소리를 가다듬더니 분위기를 잡는다.

"청소 구역 배정 다시 했어. 참고로 우제는 당분간 청소는 물론 주번도 제외시킨다. 이의 없지?"

나는 담임의 배려가 부담스럽다. 왜 나한테 먼저 묻지도 않고 결정을 내리는지 이해할 수가 없다. 애들한테서 당연히 불만이 터져 나온다.

"그런 게 어디 있어요. 불공평해요."

"맞아요. 저도 아픈데요, 저 척추 측만증이래요."

"민 모 씨 아들, 성재 군은 여자한테 차이고 마음의 병을 얻었대요. 상사병요."

"저는 고도 비만이에요. 그것도 병이잖아요. 그러니까 청소 빼 줘요."

교실 여기저기서 웃음이 빵 터진다. 애들한테 나는 심심풀이 땅콩밖에 안 되는 존재다.

"옳소! 임우제만 특별 대우? 불공평하죠!"

석근수가 자리에서 일어나 외친다.

"조용히 해라."

담임이 정색한다. 한동안 침묵이 이어진다. 허공에서 담임과 석근수의 눈빛이 부딪친다.

"석근수! 우제는 왜 물고 늘어져? 지금 장난해? 너 그것밖에 안 돼? 넌 매사에 너밖에 모르니? 1년 내내 빼겠다는 것도 아니고 당분간인데. 아픈 친구를 위해 그 정도도 배려 못 해? 역지사지 몰라?"

"그래서 다른 애들도 배려해 달라는 거잖아요."

석근수는 천연덕스럽게 대꾸한다.

"몸이 불편하니까 빠지라니 상처 주는 말 아니에요? 이건 완전 차별이고, 정서적 아동 학대 같은데."

어디서 온 자신감일까? 석근수가 작정한 듯 말을 쏟아 낸다. 말발이 좀 는 것 같다. 몇몇 애들이 손으로 입을 막고 쿡쿡거린다. 시종일관 시비조인 석근수의 태도에 담임 얼굴이 굳는다.

"그리고 청소를 운동이라고 생각하면 되잖아요. 돈 써 가면서도 물리 치료도 받는데 이건 공짜잖아요. 임우제, 안 그래? 네가 말해 봐."

석근수는 당해 보질 않아서 마음을 다치면 몸은 움직이기 힘들 정도로 더 아프다는 걸 잘 모르는 모양이다. 고백하자면, 나도 잘 몰랐다.

"석근수, 너는 배려와 차별, 존중과 배제를 구분하지 못하고 있어. 어디 한번 제대로 따져 볼까?"

담임의 말에 석근수는 똥 씹은 표정을 한 채 묵묵부답이다. 고개를 옆으로 돌리며 뭐라 구시렁대는데 입 모양을 보니 쌍시옷이 들어간 욕 같다.

"저, 그냥 청소하고 주번 다 하겠습니다."

나는 아니꼽고 비참한 마음까지 들어 한숨 쉬듯 말한다.

"넌 가만있어."

담임이 싸늘한 눈빛을 거두지 않은 채 말한다. 그러더니 다시 석근수를 겨냥해 언성을 높인다.

"1학기 때도 네 멋대로 굴다가 따끔하게 혼났으면 정신 차려야지. 넌 어떻게 기본이 없니?"

"헐!"

"뭐? 너 방금 뭐라고 했어?"

"암말 안 했는데요."

"방금 헐, 이라고 했잖아. 그게 무슨 태도야?"

담임과 석근수는 팽팽한 신경전을 벌였다. 논란의 중심에 내가 있기 때문에 나는 좌불안석이다.

석근수가 일어나 팔짱을 낀 채 멀리 창밖을 내다본다.

"석근수, 이제 그만 자리에 앉아라."

담임의 격앙된 목소리가 교실 공기를 찢는다.

"왜요?"

"왜요? 너 지금 나랑 해 보자는 거니? 아주 막 나가기로 작정을 했구나."

"그런 거 아닌데요."

석근수는 소름 끼치도록 차분한 목소리로 대꾸한다.

"당장 앉으라고 했다."

"싫은데요."

석근수는 담임의 지시를 따라 줄 마음이 없어 보인다. 꼭 텔레비전에 나오는 금쪽이같이 군다. 담임은 종례를 마치고 교실을 나가 버린다. 석근수는 닥치는 대로 물건을 발로 찬다. 그러고는 나를 째려본다. 눈이 이글이글 타오른다. 등줄기를 타고 올라온 소름에 머리칼이 쭈뼛쭈뼛 서는 기분이다. 학교는 더 이상 나에게 안전지대가 아니다. 애들의 관심도 무관심도 다 공포의 대상이다.

그 일이 있고 나서 석근수는 나에게 한마디도 하지 않는다. 언뜻 본 눈빛은 정글에서 먹잇감을 노리는 맹수처럼 날카롭다. 내가 모르는 뭔가가 있는 것 같지만 알고 싶지 않다.

그날 밤, 잠이 안 와 우리 반 SNS에 들어가 본다. 칠판을 배경으로 찍은 우리 반 단체 사진이 보인다. 나는 맨 앞에서 손으로 브이 자를 하고 있고, 하유찬은 입 안에 바람을 한껏 집어넣고 주먹을 번쩍 치켜들고 있고, 석근수는 맨 뒤에서 바지 주머니에 손을 찔러 넣은 채 조폭 같은 포스로 서 있고, 신비는 새침한 표정을 지으며 두 손으로 볼을 가리고 있다. 그리고 김완이는 맨 뒤에 숨어 있는지 안 보인다.

갑자기 마음이 울적해 앱을 닫으려고 하는데, 새 글이 등록되었다는 표시가 뜬다.

돌발 퀴즈! 우리 반에 새로 등극한 좀비는?

상품? 현금.

맞힌 사람이 정답에 해당하는 ***에게

직접 요구하면 됨.

결정적인 힌트? ㅇㅇㅈ

가슴이 펄떡펄떡 뛰고 머리가 펄펄 끓는다. 욕이라도 실컷 퍼부어 주고 싶지만 더 비참해질 것 같아 즉시 회원 탈퇴를 하고 SNS 앱을 삭제한다.

침대에 드러눕는다. 온몸에 푸른곰팡이가 슬기 시작한다. 재채기를 하자 입과 코에서 곰팡이 가루가 풀풀 피어오른다. 놀라 깨어 보니 또 꿈이다. 눈을 뜨고 있는 시간이 모두 악몽 같다. 아침이 오고 눈을 뜨는 게 두렵다.

10. 붕어빵 손난로

 담장 너머로 뻗어 갈 길을 발견한 걸까. 허공을 향해 갈팡질팡 하던 담쟁이 덩굴손은 어느덧 방향이 바뀌어 있다. 무리라는 걸 알았지만 어떻게든 버티고 버텨 위로 쭉쭉 뻗어 올라가기를 바랐다. 하지만 그런 기적은 일어나지 않는다. 결국 나도 저렇게 꺾여 내려가다가 결국 바닥을 기는 삶을 살 것 같다는 생각에 우울해진다. 진초록을 자랑하던 색깔마저 점차 바래고 있다.
 1교시 담임 수업이 한창일 때 뒷문을 연다. 애들의 시선이 일제히 나한테 꽂힌다. 수많은 무표정과의 대면은 영 적응이 안 된다. 애들은 이내 고개를 돌리고 교과서를 보거나 보는 척한다. 담임도 지각한 이유를 캐묻지 않는다. 마음이 허하다는 게 이런 느낌일까. 전학 간 학교에서 선생님이 애들에게 소개도 안 해 주고

정해진 자리에 앉으라고 할 때와 흡사한 낭패감이 밀려든다. 내가 담임은 물론 위클래스 선생님과의 상담도 계속 거부했으니까 어쩌면 당연한 결과다.

난 목발을 내려놓고 자리에 앉는다. 바닥 긁히는 소리에 애들이 짜증을 낸다. 석근수는 왼팔로 턱을 받치고 오른쪽 다리를 계속 떤다. 책상을 통해 내 몸에까지 진동이 전해진다. 석근수와 이런 식으로 연결되어 있다는 느낌이 싫다.

1교시 수업이 끝나고 담임이 다가온다. 난 모자를 쓴 채 엎드린다. 모자는 이제 내 몸의 일부다. 모자가 없으면 안절부절못한다. 가끔은 모자를 쓴 채 잠을 잔다. 그것만으로도 나는 튀는 존재다. 난 더 이상 튀는 걸 좋아하지 않는다. 주변에 섞여 분간이 잘 안 되는 카멜레온이 되고 싶다. 눈에 잘 안 띄는 먼지나 티끌이 되고 싶다. 아예 공기가 되면 더 좋겠다.

"좀 어때?"

담임이 묻는다. 나는 말하기 싫어 입을 열지 않는다.

"혹시 무슨 문제나 필요한 거 있으면 바로 얘기해."

담임이 등을 토닥이는 걸 생략하고 교실을 빠져나간다. 나는 매 순간이 문제지만 침묵하기로 한다.

"아침은 먹었어? 또 안 먹었구나. 아침이 보약이라는 말도 있잖아. 귀찮아도 꼭 챙겨 먹어야 한다. 힘내고."

얼마 전까지만 해도 담임은 내게 이런 식의 말을 늘어놓았다.

그때는 누가 관심을 갖는 것 자체가 거북했다. 지금도 뭐 다를 바 없지만.

엎드린 채 눈을 감는다. 교실이, 만신창이가 되어 죽기 직전에야 내려갈 수 있는 사각의 링 같다. 머리가 지끈거린다. 잠시 환각에 사로잡힌다. 내 몸에서 성장한 초록색 이파리들이 색깔이 바래지고 벌레한테 뜯어 먹힌 채 하나둘 떨어진다. 교실에 기생하는 수많은 곤충이 앙상한 내 몸뚱이마저 야금야금 갉아 먹는다.

눈시울이 뜨거워진다. 난 책상 위에 떨어진 눈물을 팔뚝으로 문댄다. 눈물은 좀처럼 멈추지 않는다. 콧물도 흐르는데 애들이 눈살을 찌푸릴까 봐 옷소매로 몰래 닦는다. 그러다가 이상한 느낌이 들어 고개를 들자 내 앞에 김완이가 서성대고 있다.

"꺼져!"

무심결에 사나운 말이 튀어나온다. 김완이가 멈칫하더니 뒤로 주춤 물러나 자기 자리로 돌아간다. 김완이 손에 티슈가 쥐어져 있다. 김완이는 멍하니 웅크리고 있다가 다시 엎드린다. 나한테서 동병상련이라도 느끼는 건가. 착각하지 말라고 퍼부어 주고 싶은데, 솔직히 자신이 없다. 김완이한테서 나 자신을 자주 본다.

쉬는 시간에 교회 친구인 옆 반 예찬이가 찾아와 수업 마치면 집에 같이 가자고 말한다. 진심에서 우러나온 말 같지 않고 자기 엄마가 시킨 것 같은 표정이 역력하다. 어쩌면 이모가 예찬이 엄마한테 부탁했는지도 모른다. 그러거나 말거나, 나는 어제처럼 조퇴할 생각이다.

마침 3교시 마치고 쉬는 시간에 담임이 전달 사항이 있다며 교실에 들어온다. 가정 통신문을 나눠 주며 내일까지 동의서를 제출하라고 한다. 나는 한 귀로 흘리며 담임한테 말한다.

"저, 머리가 좀."

"많이 아프니? 조퇴할래?"

나는 고개를 끄덕인다. 애들의 불평이 쏟아진다. 좀처럼 조퇴를 허락하지 않는 담임이 조퇴 이야기를 먼저 꺼냈기 때문이다.

"어허!"

담임이 윗니로 아랫입술을 깨물며 노려보자, 야유를 퍼붓던 애들 몇이 입을 삐죽인다. 나는 담임을 따라 교무실에 가 조퇴증을 받고 다시 교실로 돌아온다. 책가방을 메고 책상 위에 놓여 있는 가정 통신문을 습관적으로 집어 들고 복도로 나온다. 석근수와 하유찬이 알짱거리며 말을 건다.

"많이 아파? 어디? 얼굴? 다리? 아님 마음?"

석근수가 비련의 주인공이 된 듯 연기하며 두 손으로 가슴을 두드린다. 흐느끼며 눈물 연기도 한다. 하유찬은 발로 복도 바닥을 툭툭 차면서 딴청을 부린다.

"비켜라."

"걱정해 주는 게 잘못이냐? 그건 그렇고, 너 왜 계속 내 눈을 피하고 그래? 내 눈 똑바로 보면서 말해. 무슨 죄 졌냐?"

석근수가 비듬을 털듯이 내 한쪽 어깨를 툭툭 친다.

"아, 씨! 하지 마. 내 이름도 부르지 마!"

난 여전히 눈을 내리깔고 말한다. 사고 이후 누군가의 눈동자를 마주하는 건 엄청난 용기가 필요하다.

"워, 워! 알았어. 흥분은 건강에 안 좋아. 그럼 별명으로 불러 줄까?"

난 손아귀에 있던 가정 통신문을 꾸깃꾸깃 구겨서 석근수 얼굴을 향해 던진다.

"앗!"

석근수가 얼굴 부위를 손으로 만지더니 울부짖는 목소리로 펄쩍펄쩍 뛴다.

"내 얼굴, 내 얼굴! 야, 하유찬! 내 얼굴 괜찮아? 괜찮아?"

하유찬이 어리뻥뻥한 표정으로 고개를 끄덕끄덕한다.

"휴, 다행이다. 나도 얼굴 다친 줄 알고 깜짝 놀랐네."

석근수는 오버하면서 말을 잇는다.

"째려보면 어쩔 건데? 화려한 발차기라도 선보이게? 정신 차려. 아직도 내가 네 셔틀로 보여? 이제 너의 시대는 쫑났어."

석근수의 표정과 말투가 판결봉을 두드리는 판사 같다.

나는 더 듣고 싶지 않아 몸을 돌린다.

"저런 놈한테 내가 당한 거 생각하면 아주 그냥 확!"

뒤에서 석근수의 기분 나쁜 목소리가 껌처럼 달라붙는다. 돌아보지 않으려고 했는데 고개가 절로 돌아간다. 석근수가 사악한 미소를 지으며 손을 흔들고, 하유찬은 자기 손으로 급히 웃는 입을 틀어막고 교실로 들어간다.

나는 애써 무시하고 계단을 밟아 내려간다. 건물 밖으로 빠져나오자마자 머리에 뭔가가 떨어진다. 꾸깃한 종이 뭉치다. 반사적으로 올려다보니 누군가가 급히 모습을 감춘다. 우리 반 교실 쪽이다. 나는 종이 뭉치를 밟고 밟고 또 밟는다.

몸도 마음도 녹초가 된 기분이다. 그 자리에 쪼그려 앉은 채 무릎 사이에 머리를 박고 싶다. 한숨을 쉬면 검은 안개가 나올 것 같다. 고개를 푹 숙이고 발걸음을 떼는데, 다리 두 개가 나를 가로막는다. 천천히 고개를 들어 보니 신비다. 참담한 기분이 든다. 다리가 불편하다는 사실을 깜빡하고 무작정 뛴다. 그러다가 그 자리에서 고꾸라지고 만다. 교실 밖으로 웃음소리가 소나기처럼 쏟아져 내린다. 가까스로 교문을 벗어났을 때 턱까지 차오른 숨을 학학 토해 낸다. 심장에 선인장 가시가 촘촘히 박힌 듯 따끔거린다.

가을이지만 볕이 따갑다. 이마와 등에 땀이 흥건하다. 집에 가기 싫은데 갈 곳이 집말곤 없다는 사실에 화가 난다.

겨우 집에 도착한다. 오래 걸었더니 무릎이 아프다. 담쟁이가 눈에 띈다. 언젠가 교실 게시판에서 본 도종환 시인의 「담쟁이」라는 시가 떠오른다. 절망의 벽을 푸르게 다 덮을 때까지 여럿이 함께 손을 잡고 올라가는 담쟁이. 결국 담쟁이 잎 하나가 수천 개의 잎을 이끌고 절망의 벽을 넘는다는 내용의 시. 문득 내 발바닥에도 담쟁이 씨앗 하나를 심고 싶다. 내 몸을 타고 기어 올라가 마음의 흉터까지 덮어 준다면……. 더 이상 생각을 이어 나가는 게 피곤해 머리를 마구 흔든다.

"내일부터 학교 안 가."

현관문을 열자마자 엄마한테 통보하듯 말한다.

"또 그 소리!"

"이번엔 진짜야."

"후…… 아들, 학교에서 무슨 일 있었어? 아까 선생님하고 통화했는데 별말 없던데. 이야긴 나중에 하고 일단 밥부터 먹자."

"그냥 하는 말 아니야. 엄마는 왜 엄마 생각만 해! 내가 학교에서 얼마나 비참한지 알아? 멀쩡한 애들 틈에서 내가 어떤 기분인지 알기나 하냐고!"

"알았어, 알았어. 알았으니까 그만해."

"알긴 뭘 알아. 내가 어떤지 엄마는 관심도 없잖아!"

"너 정말 사사건건 이럴 거야? 엄마 정말 지친다, 지쳐."

엄마는 푸던 밥을 도로 전기밥솥에 붓고 빈 그릇과 수저를 싱크대 개수통에 집어넣는다. 물 트는 소리와 무거운 한숨 소리가 동시에 들려온다. 곧이어 방문이 쾅 닫히는 소리. 적반하장이라더니, 나를 이렇게 만든 장본인이 누군데. 나를 지치게 하는 사람이 누군데. 엄마랑 끝없는 평행선을 서로 다른 방향으로 달리는 기분이다. 다 잠기지 않은 수도꼭지에서 물방울이 똑똑 떨어진다. 꼭 내 가슴속 수도꼭지에서 쉴 새 없이 떨어지는 눈물방울 같다. 나는 안방 문을 한참 노려본다. 엄마가 자기 무덤을 판 거다.

내 방으로 들어온다. 내심 엄마가 듣기를 바라며 소리를 꽥 지른다. 분을 이기지 못하고 책상 위에 있는 잡동사니들을 손으로 쓸어 버린다. 필기구가 뒹굴다 멈추고 컵이 깨진다. 책가방을 집어 던진다. 반쯤 열린 가방이 파란색 포장지로 싸인 상자 하나를 토해 낸다. 상자를 열어 본다. 붕어빵 손난로. 누구지? 고개를 갸웃댄다.

나는 침대에 걸터앉아 사용 설명서를 읽는다. 그러고는 주방으로 가 붕어빵 손난로를 전자레인지에 돌린다. 손난로는 금세 따끈따끈해진다. 나는 손난로를 손으로 조몰락대다가 슬쩍 뺨에 대어 본다. 마음에 낀 살얼음을 녹이는 데는 한참 모자라지만 따듯하다. 근데 이걸 내 가방에 넣은 애는 누굴까?

배에서 꼬르륵 소리가 난다. 식욕은 없지만 그냥 냉장고 문을 열어 본다. 식빵과 딸기 잼과 유통 기한이 임박한 우유를 꺼낸다. 그때 현관문 열리는 소리가 들린다. 이모가 아닐까 했는데, 역시 이모다.

"설마 그거 점심이야?"

나는 어깨를 으쓱이며 식빵을 뜯어 먹는다. "엄마는?" 하고 이모가 묻는다. 나는 안방 쪽으로 고갯짓만 한다.

"얘가, 얘가, 지금. 어이구, 속 터져!"

이모가 주먹으로 가슴을 쿵쿵 두드리며 안방 문을 벌컥 열어 젖힌다. 이불 속에서 꿈틀대는 엄마 모습이 보인다. 이모가 이불을 덥석 낚아채 내던지며 엄마를 나무란다.

"너란 애는 도대체 무슨 생각으로 사는지 모르겠다. 정신이 있는 거니, 없는 거니? 네가 그러고도 엄마야?"

"수선 떨지 마! 골이 띵해서 잠시 누워 있는 거니까."

"팔자 편한 소리 하고 있다, 정말."

"다신 안 올 것처럼 나가더니 웬일?"

"웬일은. 나 너희 집 가사도우미잖아."

엄마는 자기 아쉬울 때만 이모를 찾아 종처럼 부려 먹었다. 그러면서도 할 말 못 할 말 가리지 않고 다 했다.

"언니까지 왜 이래. 나 미치고 팔짝 뛰는 꼴 보니 좋아?"

이모가 대답 대신 한숨을 푹푹 쉬더니 나를 보자 어색하게 웃는다. 그 힘 빠진 웃음이 슬프다. 이모는 냉장고를 뒤져 순식간에 김치찌개를 끓이고 계란말이를 하고 고등어를 구워 낸다. 난 오랜만에 예정에도 없던 포식을 한다. 이모가 앞치마로 눈물을 찍어 내며 끙, 하고 일어난다. 그러고는 창문을 열고 청소기를 돌린다. 내 방 문을 열고 들어가서는 한참을 치운다. 이모한테 미안하지만 미안하다는 말은 안 나오고 자꾸 입 안에 밥을 밀어 넣는다.

소파에 앉아 핸드폰을 멍하게 본다. 우연히 인터넷 핫뉴스에 뜬 학교 폭력 기사를 읽다가 핸드폰을 내동댕이친다.

"들어가서 쉬어, 응? 이모, 엄마하고 이야기 좀 하다 갈게."

어느새 설거지까지 끝낸 이모가 말한다. 표정은 쓸쓸하고 눈알이 벌겋다.

나는 아무 말 없이 방으로 가 침대에 눕는다. 습관적으로 또 핸드폰을 만진다. 삭제했던 유튜브 앱을 다운받아 설치하고 의미 없는 영상을 구역질이 날 정도로 본다. 기분은 자꾸 처진다.

다시 거실로 나왔을 때 안방에서 흐느끼는 소리가 들린다. 문에 귀를 바짝 갖다 댄다.

"나도 승진 기회 포기하면서 이러고 있는 내가 너무 한심하고 억울해. 하루에 열두 번도 더 울화통이 치밀어."

"너 이기적인 건 여전하구나. 어떻게 너만 생각하니. 낳았다고 다 부모니? 어릴 때부터 그러더니 어떻게 조금도 베풀 줄을 몰라. 참 딱하다, 딱해. 그럴수록 네가 중심을 잡아야지. 네가 무너지면 우제는 어쩌라고. 저게 지금 속이 제 속이 아닐 텐데."

"남이사! 자꾸 기분 잡치게 하려면 그만 가. 혈압 올라."

"가지 말라고 붙잡아도 간다, 가. 성질머리하고는, 쯧쯧쯧쯧. 밥 차려 놨으니까 얼른 가서 챙겨 먹어. 속 버린다."

나는 서둘러 내 방으로 돌아온다. 방문을 잠근다. 빛이 들어오지 못하게 커튼을 치고 이불을 뒤집어쓰고 무작정 잠을 청한다.

의식이 현실을 벗어났다 돌아오기를 반복하다가 눈을 뜬다. 어디선가 환청인 듯 아이들이 깔깔거리는 소리가 들린다.

잠깐 사이에 다시 잠이 들고 가위에 눌렸다가 소스라치게 놀라며 깨어난다. 비몽사몽인 상태에서 시계를 보니 새벽이다. 목이 탄다. 거실에 나와 물을 마시는데 현관문 비밀번호 누르는 소리가 들린다. 나는 발뒤꿈치를 들고 내 방으로 뛰어 들어가 숨을 죽인다.

"당신 왜 하루 종일 연락이 안 돼?"

엄마가 그동안 쌓인 게 많다는 말투로 따져 묻는다.

"바빴어."

아빠의 목소리는 많이 지쳐 있다.

"어련하시겠어."

"당신 취했어?"

그렇게 묻는 아빠도 취한 목소리다.

"그래 한잔했다, 왜? 이러다가 돌아 버릴 것 같아서 한잔했어!"

"우제는?"

"그걸 왜 나한테 물어? 우제 당신 아들이야."

엄마는 빈정거림을 멈추지 않는다. 나는 벽에 기댄 채 쪼그려 앉아 마른침을 삼킨다.

"그만하자."

아빠가 한숨 쉬듯 말한다.

"뭘 그만해? 말 섞기 싫다 이거지?"

"그만하라고, 글쎄. 피곤해."

"당신만 피곤해? 내가 더 피곤해. 우제는 학교 안 가겠다고 뻗대는데, 오늘도 장난 아니었어."

잠시 침묵이 이어진다.

"왜 말이 없어?"

"무슨 말이 듣고 싶은데?"

"당신 속에 뭐가 들어앉았는지 궁금해. 당신은 부모 아냐? 왜 나만 이러고 있냐고. 이제와서 바쁘다는 핑계대지 마."

아빠는 묵묵부답이다.

나는 문을 닫고 방바닥에 몸을 누인 채 웅크린다. 숨이 가빠 온다. 목이 터져라 고함을 질러야 숨통이 트일 것 같은데 목소리가 안 나온다. 손에 잡히는 대로 집어 던지고 깨부수고 난동을 부려야만 직성이 풀릴 것 같은데 옴짝달싹할 수 없다.

내 문제만으로도 머리에 과부하가 걸릴 지경인데 엄마 아빠의 다툼까지 목격하고 말았다. 왜 하필이면 그때 깨어났는지, 왜 하필이면 그때 목이 말랐는지, 왜 하필이면 아빠가 그때 들어왔는지……. 마음에 시뻘건 녹이 스는 기분이 든다. 가슴속에 들어앉은 바윗덩이를 폭파시키지 않고는 급속도로 퍼져 가는 시뻘건 녹을 막기 힘들 것 같다. 뜬눈으로 밤을 지새운다. 입 밖으로 빠져나오는 울음을 자꾸 삼키자 목이 따끔거린다.

11. 나는 학교에 가지 않았다

'나는 오늘 아침을 먹고 학교에 갔다.'

초등학생 때 일기장에 단골 메뉴처럼 사용했던 말. 너무 평범해서 식상하기까지 한 이 말이 얼마나 평화롭고 달콤한 말인지 뼈저리게 느끼는 날들이다.

늦잠 자고 씻지도 않고 차려 놓은 아침까지 거들떠보지 않자, 엄마는 깊은 한숨을 쉰다.

"언제까지 이럴 거니?"

"뭘?"

대꾸를 안 하려고 했는데 무심코 말이 툭 튀어나온다.

"너 때문에 내가 피가 말라, 피가."

엄마가 넋두리하듯 말한다. 나는 침묵으로 응수하며 냉장고 문을 열고 컵에 우유를 따른다.

"내가 누구 때문에 이 고생하는데. 이것 봐. 엄마 머리 빠지는 것 좀."

엄마가 부스스한 머리를 쥐어뜯더니 손가락 사이로 삐져나온 머리카락을 내 눈앞에 들이민다. 스트레스성 탈모가 진행되는 게 순전히 내 탓이라는 듯 흔들어 보인다. 여기서 제동을 걸지 않으면 신세타령까지 할 태세다.

"고생? 누가 하래? 다 관둬! 나 내버려두고 다시 일 나가. 차라리 그게 나아."

나는 목울대까지 치고 올라온 말을 내뱉고 만다.

"머리가 빠진다고? 그래서 뭐 나보고 책임지라고? 그게 내 앞에서 할 말이야? 나는 하루에 열두 번도 더 심장이 터져 버릴 것 같아. 엄마가 엄마이긴 한 거야? 설마 다른 엄마들도 이래? 내가 지금 누구 때문에……"

나는 말을 잇지 못하고 엄마는 체념한 표정으로 나를 바라본다.

"아, 씨. 도대체 나보고 뭐 어쩌라고!"

난 발악하듯 소리를 지르며 벽을 향해 수차례 주먹을 내지른다. 까진 주먹에 핏방울이 맺혀 있다. 쓰라리다. 주먹보다는 마음이 더.

"어머, 어머. 어떡해! 손 좀 줘 봐. 엄마가 잠시 어떻게 됐나 봐. 미안해."

엄마는 내 손을 덥석 잡으며 급히 사과한다. 입술을 앙다물고 삐져나오는 울음을 참는 것처럼 보인다. 내가 불쌍해서가 아니라 이러고 사는 자기 인생이 가련해서일지 모른다. 난 손을 억지로 빼내 우유 컵을 든다. 손이 부들부들 떨려 컵에서 우유 몇 방울이 바닥에 떨어진다. 나는 서둘러 우유를 발바닥으로 비벼 댄다. 얼룩지는 건 질색이다.

"그래, 엄마가 다 잘못했어. 됐지? 그러니까 밥 먹고 약도 먹고 학교에 가자, 응?"

엄마는 필사적으로 내 손을 부여잡는다.

"제발, 부탁이야."

엄마는 변덕이 죽 끓듯 한다. 그때마다 내 감정도 뒤죽박죽 널뛰기를 한다. 도대체 엄마한테 학교는 뭘까? 최후의 보루 같은 거? 이게 무너지면 엄마 인생은 끝없이 추락하는 걸까? 그래서 죽어라 나를 학교에 보내려고 하는 걸까? 난 숨이 점점 가빠진다. 이러다가 몸이 뻥 터져 공중분해 될지도 모른다는 위기감이 엄습한다. 엄마는 나를 위해 대단한 희생을 하고 있다고 착각한다. 그런 엄마를 보면 나는 전투력이 생긴다.

"내가 알아서 한다고! 그러니까 제발 신경 꺼!"

엄마가 연거푸 한숨을 뿜어 대며 베란다로 나간다.

툭, 툭.

둔탁한 소리가 들린다. 엄마가 주먹으로 가슴을 치는 소리다.

예전의 나라면 엄마의 화가 풀릴 때까지 쥐 죽은 듯 조용히 지냈을 거다. 하지만 지금은 저 정도에는 둔감해진 상태다.

탁!

우유 컵을 식탁에 놓는다. 손에 힘이 많이 들어갔는지 식탁이 우유로 얼룩진다. 나는 또 급히 손바닥으로 우유를 훔친다. 식탁엔 내가 평소 좋아하던 계란말이가 보기 좋게 놓여 있다. 이모가 해 놓은 걸 전자레인지로 돌린 듯하다. 하지만 간밤의 난동으로 식욕은 사라지고 없다.

방에 들어가 점퍼를 걸치고 모자를 꾹 눌러쓴다. 지갑과 핸드폰을 챙겨 거실로 나온다. 어느새 엄마는 식탁 의자에 앉아 있다. 엄마가 신경을 긁을 때는 속이 부글부글 끓지만 아무 말도 하지 않으니 답답하다. 나는 떨리는 숨을 뱉는다. 현관문을 쾅 닫고 바깥으로 나온다.

마당에 가을 햇빛이 달빛처럼 스산하게 쏟아진다. 우연히 뒤를 돌아보니 남색 커튼이 거실을 온통 가리고 있다. 그동안 집 안이 늘 저물녘처럼 어두침침했다는 생각이 어렴풋하게 든다.

담장엔 담쟁이가 발갛게 단풍이 들어 가고 있다. 초록은 서서히 사라지는 중이다. 조만간 말라비틀어지고 비바람에 떨어져 바닥에서 뒹굴다가 짓밟히거나 어느 한구석에 처박혀 썩어 가겠지. 눈에 눈물이 어룽거린다.

나는 학교와 정반대 방향으로 걸음을 옮긴다. 불안하지만 무작정 걷는다. 바람이 뺨을 때린다. 모자에 눌린 앞머리가 바람에 날린다. 손으로 길게 자란 머리카락을 넘기며 편의점에 들어간다. 컵라면과 삼각김밥을 꾸역꾸역 넘기자 속이 더부룩하다.

편의점 문을 열고 나와 한참 길을 걷다 보니 놀이터다. 고개를 숙인 채 핸드폰으로 시간을 확인한다. 오전 열 시. 담임이 엄마한테 전화를 하고도 남았을 시간이다. 엄마는 천연덕스럽게 한 편의 소설을 쓰겠지. 어젯밤 애가 불면증 때문에 잠 한숨 못 자다가, 지금 겨우 잠들었다고. 도저히 깨울 수가 없다고. 상태 봐서 학교에 보내거나 아니면 하루 쉬게 하겠다고, 자식을 위해 희생하는 어머니를 연기할 거다. 그리고 전화를 끊자마자 아빠한테 전화를 걸어 미주알고주알 다 일러바칠 거다. 아빠한테 마땅한 해결책이 있는 것도 아닌데 말이다. 아빠는 한동안 묵묵히 듣다가 그냥 기다려 보라는 말만 남기고 회사 일을 핑계로 전화를 끊을 거다. 엄마는 전화기를 든 채 한참을 어쩔 줄 몰라 하겠지. 그러다 결국엔 훌쩍이면서 두 손 모아 기도할 거고. 그건 정해진 수순이다. 아니, 새벽에 격렬하게 싸웠으니 아빠한테 전화하는 건 생략할지도 모른다.

난 엄마 아빠한테 감정이 아주 많다. 이 모든 게 엄마 아빠 탓 같다. 그래서 엄마 아빠가 원하는 대로 학교에 가기도 싫고, 집에 있기는 더 싫다. 몸이 빗물에 젖은 모래 자루처럼 천근만근이다. 엄마 아빠한테 내가 자식이기는 한 건지 의심스럽다. 차라리

출생의 비밀 같은 거라도 있었으면 좋겠다. 엄마 아빠 인생에서 가장 중요한 게 뭔지 따져 묻고 싶다. 아니, 묻고 싶지 않다. 그럼 엄마 아빠는 주저 없이 내가 아닌 다른 걸 선택할 것 같다.

바지 주머니에서 드으으, 진동이 느껴진다. 부재중 전화가 엄마한테 한 통, 아빠한테 한 통, 이모한테 일곱 통. 그리고 음성 메시지 한 통. 담임이나 친구들한테는 형식적으로라도 안부를 묻는 문자 하나 없다. 나는 궁금하지 않은 음성 메시지는 건너뛰기로 한다.

시간이 얼마나 흘렀을까. 핸드폰에서 다시 진동이 울리는 것 같아 꺼내 본다. 두통처럼 찾아오던 스팸 문자조차 없다. 전원을 꾹 눌러 끈다. 렉이 걸렸을 때 전원을 껐다 켜면 기기가 정상으로 돌아오는 것처럼 내 삶도 그랬으면 좋겠다는 생각을 하는데, 헛웃음이 먼지처럼 날아간다.

계속 어디를 갈까 궁리하지만 떠오르는 곳이 한군데도 없다. 내 행동반경을 확인하자 서글픔과 함께 우울감이 몰려온다. 사람들이 힐끔힐끔 나를 쳐다본다. 졸지에 학교 부적응자, 비행 청소년이 된 나는 버스 정류장 의자에 턱 걸터앉는다. 차가, 아니 나를 이렇게 만든 무서운 괴물들이 질풍노도처럼 쌩쌩 지나친다.

"너 학교 안 가?"

버스 정류장 옆 노점에서 붕어빵을 구워 팔고 있는 아줌마가 말을 걸어온다.

"아줌마한테도 너만 한 자식이 있어 하는 말인데, 부모 속 그만 썩이고 얼른 학교 가라. 그냥 아무 탈 없이 학교 다녀 주는 게 효도야, 이 녀석아. 자, 이거 하나 먹고."

아줌마가 불쑥 붕어빵 하나를 내민다. 호의를 베푸는 게 아니라 시비를 거는 것 같다.

"왜, 내 얼굴에 밀가루라도 묻었니?"

그러고 보니 내가 아줌마 얼굴을 뚫어지게 바라보고 있다. 군침이 돌지만 누구의 방해도 받고 싶지 않아 그냥 지나친다. 뒤에서 뭐라고 구시렁대는 소리가 들린다. 나는 굳이 뒤돌아보지 않는다. 급한 용무가 있는 사람처럼 성큼성큼 걸음을 내디딘다.

어느새 무릎에 미세한 통증이 느껴진다. 가방 속에서 진동 소리가 나는 것 같다. 핸드폰을 꺼내고서야 아까 전원을 꺼 두었다는 사실이 생각난다. 눈을 감고 손바닥으로 마른세수를 한다. 내 나이 이제 겨우 열다섯. 하염없이 심연으로 추락하는 느낌이다.

칼바람 한 줄기가 불어닥친다. 어디에 숨었다가 나왔는지 때늦은 플라타너스 낙엽 하나가 거리를 뒹군다. 낙엽을 밟는다. 바스락, 부서진다. 내 영혼도 저렇게 말라비틀어져 살짝만 밟아도 바스락 부서질 것 같다.

어느덧 내가 다니는 학교 앞이다. 아, 어쩌자고 여기를 맴도는 것일까. 내 삶에서 탈출하고 싶다. 그런 생각을 하면서도 내 눈은 교문 안쪽을 바라본다. 아우성들! 점심시간인 모양이다. 왜 이 모양 이 꼴로 여기 있는 걸까? 무슨 죄라도 지었나? 자책하다 보니 억울하고 우울하고 암울하고 침울하다.

운동장은 금세 북새통을 이룬다. 팔팔하게 뛰어다니는 애들이 모두 밉고 한편으로는 가슴 미어지게 부럽다. 얼마 전까지만 해도 난 저 애들 틈바구니에 끼여 있었다. 그게 까마득히 먼 옛날 일처럼 생각된다.

그때 무언가가 내 발뒤축에 툭 부딪힌다. 눈을 떠 보니 주황색 농구공이다.

"야, 공 좀!"

몇몇 애들이 손을 흔든다. 손에 까슬까슬한 농구공 감촉이 느껴진다. 붕 뛰어올라 골대를 향해 슛! 출렁 그물을 흔들며 득점했을 때, 그 짜릿함을 또 느낄 수 있을까?

"너 슛 동작 할 때 짱 멋있는 거 알아?"

신비는 내가 농구하는 모습에 진작 반했다고 고백했다. 그러고는 언제 시간 내서 한 수 가르쳐 달라고 졸랐다. 나는 그러자고 약속했지만 그 약속은 빈말로 끝날 게 뻔하다. 나는 마음속으로 이미 신비와 끝낸 상태다. 신비도 내 결정에 고마워할 거다. 병문안 온 날 밤 나에게 보낸, 힘내라는 문자는 어쩌면 마지막 인사였을 가능성이 높다. 직접 말하기 뭣하니까 빙빙 돌려서.

"공 좀 달라고!"

나는 농구공을 던진다. 농구공이 포물선을 그으며 날아간다.

왈칵 눈물이 쏟아진다. 도돌이표처럼 다시 엄마 아빠가 원망스럽다. 모든 걸 되돌리고 싶다. 사고도, 사고 이전의 일들도.

오후 세 시경. 춥다. 몸이 으스스 떨린다. 핸드폰에서 진동이 울리는 것 같다. 나도 모르는 새 전원이 켜졌나 싶어 핸드폰을 꺼내 보니 시꺼먼 액정에 내 초라한 얼굴만 비친다. 나는 대체 누구의 연락을 기다리고 있는 걸까.

다시 걸음을 옮긴다. 통증을 꾹 눌러 참고 땅만 보고 걷는다. 절대 무리하지 말라는 이모의 말이 귓가에 맴돈다. 문득 고개를 들어 보니 우체국 앞이다. 서둘러 횡단보도를 건넌다.

빵빵!

귀청을 찢을 듯한 경적을 울리며 트럭 한 대가 질주해 온다. 난 그 자리에 얼어붙는다. 신호등이 바뀐다. 나는 중앙선에서 오도 가도 못한다. 오금이 저리다. 급하게 속도를 줄인 트럭은 과속 방지턱에서 덜컹, 둔탁한 소리를 낸다.

"야, 인마! 조심하지 못해!"

차창을 내린 운전사는 그 말만 남긴 채 쌩 사라진다. 두려움의 그림자가 부피를 더해 가며 성큼 다가온다. 머리를 흔들지만 조건 반사처럼 그때 일이 번쩍 떠오른다.

트럭이 멀어지면서 다시 한번 경적을 울린다. 순간 내 심장이 펄떡이며 신음하듯 말한다. 아직 최악이 아니라고. 지금보다 상황이 더 나빠질 수도 있다고. 나는 모자를 꾹 눌러쓰고 지나간 트력을 노려본다.

문득 엄마와의 지난 며칠이 떠오른다. 나를 깊은 수렁에서 꺼내 학교에 보내려고 엄마는 다양한 시도를 했다. 교훈적인 영상을 보게 했고, 감동적인 책을 읽게 했다. 결국 그런 것들은 아무 도움이 되지 못했다. 모든 게 내 탓이라는 듯 엄마는 나를 흘겨보았다. 나도 질세라 엄마를 노려보았다. 엄마 눈에 눈물이 그렁그렁했다. 나도 눈물이 그렁그렁한지 엄마가 흐릿하게 보였다가 뭉개져 보였다가 했다.

"왜 자꾸 조급하게 굴어, 응?"

보다 못한 이모가 엄마의 등을 어루만지며 위로했다.

"모르면 잠자코 있어."

"왜 또 트집이니? 내가 뭘 모르는데?"

"넌 그만 방에 들어가 있어."

엄마가 이모 말에 대꾸는 하지 않고 나를 향해 말했다. 난 화가 잔뜩 났다는 표시로 문을 쾅 닫았다. 그것으로는 성에 안 차 음악이라도 크게 틀어 놓으려고 하는데, 이모와 엄마가 다투는 소리가 들렸다. 웬만하면 참지, 엄마와는 좀처럼 다투지 않던 이모였는데.

"정말 나도 힘들어서 못해 먹겠다. 네가 이럴수록 주변 사람들만 더 힘들어져."

"또 돈 필요해? 언닌 내가 무슨 은행인 줄 알아?"

"뜬금없이 그게 무슨 말이야?"

"언니 돈 필요할 때마다 그렇게 말하잖아. 힘들어 못해 먹겠다, 어디 다른 사람 알아봐라……."

딱! 한참 뒤에 깨달았다. 이모가 엄마의 어깨를 때렸다는 걸.

"야! 네가 어떻게 나한테."

"언니가 뭔데, 언니가 뭔데 날 때려? 다 필요 없어. 내 집에서 당장 나가!"

"입은 비뚤어졌어도 말은 바로 해라. 네가 믿을 만한 사람이 나밖에 없다며 부탁하고 부탁해서 들어왔지, 내가 원해서 들어왔니? 너 성공하고 싶다고, 승진해야 한다고 일에만 매달릴 때 우제, 내가 업어 키우다시피 했어. 근데 뭐가 어쩌고 어째? 돈 필요하냐고? 너 나한테 이러면 안 돼. 나가라고? 흥, 나가라면 내가 못 나갈 줄 알아?"

방문을 살짝 열었다. 이모가 저렇게까지 흥분하는 모습은 처음이었다.

"내가 꾹 참고 있는 건 너 때문이 아니야. 우제 때문이지. 넌 부모 자격도 없어."

"그만해!"

이모가 들고 있던 앞치마를 식탁 위에 내던지고 쏜살같이 집 밖으로 나갔다. 엄마가 머리채를 감싸 쥐며 괴성을 질렀다. 그리고 한동안 집 안에 정적이 감돌았다.

가슴이 덜컹 내려앉았다. 마음이 여린 이모는 며칠 틀어박혀 눈이 퉁퉁 부을 때까지 울 게 분명했다. 나한테 이모는 이모 이상이었다. 이모는 내가 엄마랑 의견 충돌이 생길 때마다 내 편에 서서 엄마를 상대해 주었다. 이모의 존재 자체가 나한테 진정제였다.

생각에 빠져 걷다 보니 어느덧 버스 정류장 앞이다. 사람들이 발을 동동거리며 노점에서 붕어빵을 사 먹고 있다. 나는 그 모습을 멍하니 바라본다. 얼마 뒤, 핸드폰 전원을 켜고 잠금 해제 패턴을 그린다. 부재중 전화 열세 통. 통화 목록과 문자를 전부 삭제한다. 사진 앨범을 열어 추억을 하나하나 삭제한다. 어? 이 사진은? 언젠가 체육 대회 마치고 교실에서 햄버거를 먹다가 석근수와의 기싸움에서 밀리기 싫어 김완이와 절친처럼 찍은 사진. 근데 김완이는 나를 피하는 듯한 표정이다. 가슴이 저릿하다.

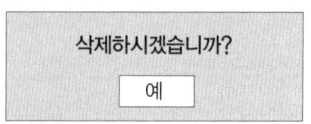

휴지통으로 들어가 완전 삭제 버튼을 누른다. 편도선이 부었는지 침을 삼키자 목구멍이 따갑다. 무심코 점퍼 주머니에 손을 넣는다. 차갑게 식어 버린 붕어빵 손난로가 잡힌다. 붕어빵 손난로를 조몰락거린다. 미세한 온기가 느껴진다.

바람을 타고 밤이 밀려온다. 휘황찬란한 네온사인이 어둠을 몰아낸다. 하지만 어둠은 구석구석 자기 자리를 차지하고 앉아 거대한 아가리를 벌리고 있다. 그러고는 지나가는 사람들을 꿀꺽 삼켰다가 뱉어 내기를 반복한다. 어둠 속에서 불량기 넘치는 고등학생 형들이 떼로 몰려다니며 나를 곁눈질한다. 가슴이 막막하고 다리가 저리다. 몸이 나른해진다. 눈이 감긴다.

12. 수신 메시지: 괜찮아?

"애!"

누군가가 부르는 소리에 의식이 돌아온다. 나는 슬며시 눈꺼풀을 들어 올리고 느린 속도로 몇 번 눈을 껌뻑인다. 버스 정류장 부스에 머리를 기댄 채 앉아 있는 나를 발견한다. 게슴츠레한 눈빛으로 고개를 들어 올리자 붕어빵 아줌마가 나를 뚫어지게 보고 있다.

"여태 여기서 뭐 해? 너 밥은 먹고 다니니? 붕어빵이라도 좀 줄까? 어머머, 세상에 얼굴이 빨갛게 얼었잖아. 얘, 큰일 날 애네. 몸도 성치 않은 거 같은데, 쯧쯧쯧쯧."

아줌마가 쓸데없는 참견을 한다. 난 힘없이 고개를 젓는다.

"너…… 가출했니?"

"……."

"아님 시설 같은 데…… 있니?"

"……."

"혹시…… 말 못 해?"

"……."

아줌마는 조심스러워하면서도 궁금한 걸 다 묻는다.

"아유, 이런 거 함부로 묻는 거 결례인데. 미안해. 아줌마가 입이 방정이다. 길 잃은 거면 아줌마가 파출소에 전화해 줄까?"

나는 천천히 고개를 젓는다. 그러자 아줌마는 서둘러 노점 쪽으로 가더니 봉투에 붕어빵을 가득 담아 건네준다.

"하루 종일 쫄쫄 굶은 거 같은데, 이거 먹어. 응?"

아줌마가 혀를 끌끌 차며 내 어깨를 다독인다. 아줌마의 동정이 고맙지도, 기분 나쁘지도 않다. 나는 그저 멍하기만 하다.

엉겁결에 붕어빵 봉투를 건네받은 나는 발걸음을 옮긴다. 가슴 부근이 따듯해져 온다. 붕어빵 하나를 꺼내 입에 문다. 헐, 맛있다. 마침 저 멀리 호수 공원에 무슨 행사가 있는지 펑펑 폭죽이 터져 밤하늘을 수놓는다. 사람들이 걸음을 멈추고 탄성을 터뜨린다. 나는 그들 속에 섞일 생각을 접고 어둑한 곳만 찾아 걷는다.

골목을 꺾어 돌자 우리 집 대문 앞에 경찰차가 경광등을 깜빡거리고 있다. 감이 온다. 실종 신고. 난 걸음을 멈추고 몸을 숨긴 채 지켜본다.

엄마는 팔짱을 낀 채 몸을 움츠리고 있다. 아침에 입었던 얇은 옷 그대로다. 이모가 두르고 있던 숄을 벗어 엄마 어깨에 걸쳐 주더니 엄마를 데리고 집 안으로 들어간다. 아빠는 심각한 표정으로 삼촌하고 대화를 나누는 중이다. 몇몇 경찰들이 집 주변을 둘러보고 있다. 기억 속에서 그날 새벽, 엄마 아빠가 나눈 대화가 불쑥 튀어나온다. 머리칼을 움켜쥐고 세차게 흔들어 봐도 불가항력이다.

나는 기진맥진해진 몸을 추스르고 골목을 빠져나온다. 순간, 끼이이익!

"앗!"

느닷없이 배달 오토바이가 나타난다. 심장이 덜컥 내려앉고 그 자리에 철퍼덕 주저앉는다. 떨어진 종이봉투에서 붕어빵이 쏟아진다. 오토바이는 뒤집힌 채 바퀴만 팽글팽글 돌아간다. 배달원 입에서 욕이 튀어나온다. 치킨 냄새가 코를 찌른다. 무릎이 쓰라리다. 이모가 미친 듯이 뛰어온다. 신발이 짝짝이다.

"우제니? 맞구나, 우리 우제."

이모가 나를 부둥켜안는다. 푸근함에 온몸에 힘이 빠지면서 스르르 눈이 감긴다. 이모가 나를 부축한다. 아빠가 얼른 다가온다.

"제가……."

"아니, 내가 할게요, 제부."

집에 들어가자 엄마가 안방에서 핼쑥한 얼굴로 관자놀이를 누르면서 나온다.

"임우제! 너……."

엄마가 말하기도 지쳤다는 듯 소리친다.

"지금 말고 나중에."

이모가 끼어들며 엄마를 다독인다.

"칫! 다신 발 안 붙일 것처럼 나가더니……."

엄마가 이모를 향해 샐쭉거린다. 특유의 어리광이 묻어 있다.

"처형, 죄송합니다. 이 사람이 요즘 많이 힘들어해서……."

이모는 대꾸도 하지 않고 방으로 들어가 나를 침대에 눕힌다. 이불을 덮어 주고, 이불깃을 여며 주고, 내 이마를 만지고 머리칼을 쓰다듬어 준다. 이 상태로 잠에 빠지면 이모가 악몽을 쫓아 줄 것 같다.

이모가 잠시 자리를 비운 뒤 핸드폰을 집어 든다. 액정에 불빛이 깜빡인다.

괜찮아?

번호가 낯익다. 김완이? 볼에 뜨거운 뭔가가 흐르는데 그게 눈물이라는 걸 뒤늦게 깨닫는다. 나는 터져 나오는 생울음을 베개로 막는다.

13. 좀비와 랑켄

"기분 좀 어때?"

엄마가 방문을 열고 문짝에 기대선 채 묻는다. 나는 엄마랑 입씨름하기 싫다. 엄마 목소리만 들어도 꿉꿉한 이불을 덮은 듯한 기분이 든다는 건 슬픈 일이다.

"아침 먹어."

엄마는 더 말을 이을 듯하다가 이내 등을 돌린다.

나는 아침을 건너뛰고 서둘러 집을 나선다. 갈림길에서, 네거리에서, 횡단보도에서도 계속 어디로 갈까 망설인다. 학교에 가려고 작정하고 나선 건 아닌데 정신을 차리고 보니 교문 앞이다.

"지금 이 시간에 학교 오는 거야?"

보안관 할아버지가 찌그러진 캔과 아이스크림 봉지를 든 채

서 있다.

"지각한 걸로도 모자라 땡땡이까지 치려고?"

전직 경찰이라던 보안관 할아버지는 눈을 부라리며 꾸짖는다. 저런 꼰대식 태도에 난 쉽게 거부 반응을 일으킨다. 오해를 풀고 싶지도 않다. 가슴 밑바닥에서부터 서서히 열이 오르더니 기포가 생기기 시작한다.

"학생이 학생다워야지. 복장 불량에 그 모자는 또 뭐냐? 너 몇 학년 몇 반이야?"

나는 그냥 무시하고 교문 안으로 들어간다. 왜 교문 밖이 아닌 안을 선택했는지 나도 모를 일이다.

"이런 기본도 안 된 놈을 봤나?"

보안관 할아버지가 괘씸한 듯 뒤에서 소리친다. 몇 달 전의 나라면 버릇없이 대들고도 남았을 거다. 애들이 창문 밖으로 고개를 내밀며 환호성을 질렀을 테고…….

복도는 조용하다. 전체적으로 깨끗한 복도에 흉터처럼 과자 봉지가 떨어져 있다. 나는 봉지를 줍는다. 복도는 다시 깨끗해진다.

한창 수업이 진행 중이다. 교실에서 영어 원어민 선생님의 목소리가 흘러나오고 애들은 그대로 복창한다. 음악실 쪽에서는 방음재를 뚫고 피아노 반주 소리와 합창 소리가 희미하게 들려온다. 마치 꿈결에 듣는 소리 같다.

발걸음을 옮기는데 뭔가 끈적끈적한 느낌이 든다. 발바닥을 보니 껌이 들러붙어 있다. 교실에 들어가지 말라는 계시 같다. 그 불길함을 떨쳐 버리려고 애써 태연한 척 화장실로 가 집게로 껌을 떼어 낸다. 그래도 남아 있는 흔적. 신발을 벗어 던지고 싶다. 갈기갈기 찢고 싶다. 마침 수업 마치는 종소리가 들린다. 학교는 금세 시끌벅적해진다. 그리고 교실에 들어서는 순간, 괜히 왔다는 느낌이 든다.

석근수가 신비 곁으로 은근슬쩍 접근하는 중이다. 신비는 손베개를 하고 엎드린 채 눈을 감고 있다. 나는 걸음을 멈추고 교실 뒷문 쪽 구석에 어깨를 기대어 선다. 나의 등장을 주목하는 애는 없다.

"야, 류신비."

신비가 힐끔 석근수를 올려보더니 다시 눈을 감는다.

"니 좀비 남친은?"

신비는 상대할 마음이 없어 보인다.

"너 사람 개무시하는 건 여전하구나."

신비가 귀에 이어폰을 꽂는다. 그러자 석근수가 거칠게 이어폰을 빼낸다.

"뭐 하는 짓이야?"

"내가 묻잖아."

"딴 데 가서 알아봐."

신비는 여전히 엎드린 채 톡 쏘아붙이고는 석근수 반대쪽으로 고개를 돌린다.

"혹시 좀비처럼 됐다고 배신 때리는 거 아니지? 너 성당 다니잖아. 그랬다간 네가 믿는다는 하나님이 천벌 내리실걸. 사람은 평등한 거잖아. 아무리 좀비라도 말이야. 푸핫!"

석근수는 집요하게 추근댄다. 신비의 침묵에 심장이 오그라드는 기분이다.

"야, 말해 봐. 말해 봐. 말해 봐!"

"그만해!"

신비가 손바닥으로 책상을 치며 벌떡 일어나면서 비명에 가까운 소리를 지른다. 언제나 그렇듯 애들은 강 건너 불구경이다.

"싫다면?"

"야!"

"어이구, 무서워라. 살려 줘, 살려 줘!"

석근수가 호들갑을 떤다. 신비는 벌개진 얼굴로 어깻숨을 내쉰다.

"꼴좋다, 쳇!"

석근수가 신비를 향해 콧방귀를 뀐다.

"너 되게 야비하다. 남친이 좀비 됐다고 모른 척하고. 왜, 쪽팔리냐?"

"야, 함부로 말하지 마!"

신비의 짝 최슬기가 끼어든다.

"넌 빠져! 좋은 말로 할 때."

석근수가 최슬기에게 윽박지른다. 최슬기는 티 안 나게 욕을 내뱉으며 교실을 나간다.

"이번 기회에 너 남친 바꾸는 건 어때? 미안하지만 나는 사양하겠고, 멋진 놈으로 소개시켜 줄게. 원조 좀비 어떠냐? 네 남친보다는 훨씬 낫지 않냐? 자세히 뜯어보면 은근 미남형에 귀요미다. 나중에 후회하지 말고 지금이라도 꽉 잡아."

김완이는 책상에 엎드려 있다가 대화 소리에 잠깐 상체를 일으키다 말고 다시 엎드린다. 신비는 눈도 한번 안 깜빡이고 석근수를 노려본다.

"내가 아직도 너 좋아하는 줄 알아? 완전 노답이다. 꿈 깨! 너 은근히 질리는 스타일인 거 모르지?"

"어, 그러셔? 그런 애가 나랑 사귀고 싶어서 그렇게 안달이었니? 매일 밤마다 문자질에 선물 공세까지. 설마 아니라곤 말 못하겠지? 참고로 그 선물 다 쓰레기통한테 줬어. 아, 참! 깜빡할 뻔했네. 너, 여자애들 사이에 완전 비호감이야."

신비가 나도 처음 듣는 석근수의 과거를 폭로한다. 말투도 거칠다. 신비의 평소 성격을 봤을 때 홧김에 내지르는 말 같지는 않다. 석근수는 딱 잡아뗀다.

"내가 언제? 내가 언제? 이제 모함까지 하네. 우아, 진짜 황당하다! 연기해도 되겠어. 아주 리얼해. 자, 박수!"

하유찬 혼자 박수를 친다.

"하여튼 너하고 말트는 거 자체가 자존심 상한다. 앞으로 좀비하고 잘해 봐라. 결혼까지 해도 좋고. 축가는 내가 책임질게."

속에서 뭔가가 울컥 치밀어 오른다. 이것저것 생각할 틈도 없이 절뚝절뚝 걸어가 석근수를 밀친다. 기습 공격을 받은 석근수는 꿈쩍도 하지 않는다. 그리고 어이없다는 듯 나를 쳐다보며 말한다.

"집에 처박혀 있을 일이지 왜 또 기어 나왔냐? 인생이 불쌍해서 봐주니까 또 기어오르네. 다시는 내 눈앞에 알짱대지 마. 경고했다."

언젠가 내가 석근수한테 했던 말을 이번에는 내가 뒤집어쓴다.

"네까짓 게 뭘 봐줘?"

"아직 주제 파악이 안 되나 본데 야, 하유찬! 네가 친절하게 알려 줘라. 공부 좀 해서 머리가 괜찮은 줄 알았는데 오늘 보니 그것도 아니네."

하유찬은 시선을 어디에 두어야 할지 몰라 계속 두리번거린다. 입장이 난처할 때 나오는 하유찬 특유의 버릇이다.

"뭐 해?"

석근수의 재촉에 하유찬은 우물쭈물하다가 기어들어 가는 목소리로 뭐라고 말한다.

"뭐래는 거냐? 똑바로 말 안 해?"

석근수가 팔꿈치로 하유찬의 가슴을 떠민다.

"프…… 프랑켄……슈타인."

하유찬 입에서 나온, 작지만 비수가 되어 가슴에 꽂히는 말.

"들었지? 꼭 친절하게 말로 해야 알아 처먹어요. 근데 너무 길다. 좀 짧게 프랑켄, 아니 랑켄 어때? 내 작명 센스, 괜찮지 않냐? 그리고 이제 포기하고 살아. 성형 수술 자꾸 하면 중독된다. 그러다가 가짜 랑켄이 아니라 진짜 랑켄 돼."

석근수가 으스대고 있을 때 신비가 벌떡 일어선다.

"야, 석근수! 하유찬! 그러고도 너희가 친구야? 어쩜 그렇게 잔인해? 한때는 뭉치면 살고 흩어지면 죽는다 어쩌고저쩌고 하면서 잘도 놀더니."

"너 자꾸 랑켄 편드는 저의가 뭐냐? 아직 남친이라 이거야? 그리고 네 말대로 한때였지. 이제 우린 랑켄이랑 친구 하기 싫거든! 안 그래? 하유찬!"

"어? 어, 어."

하유찬이 허둥대며 대답한다.

"기가 막혀 말이 안 나온다. 주제 파악? 네가 그런 말 할 자격이 돼? 말 안 하려고 했는데 도저히 못 참겠다. 너 우리 반에 민폐 끼친 게 한두 가지야? 수업 분위기 망쳐, 심심하면 사고 쳐서 우리 반 문제 반으로 만들어, 선생님들한테 대들기나 하고…… 완전 막장이잖아. 그 정도면 최소한 양심이라도 있어야 되는 거 아냐?"

신비의 팩트 폭격에 석근수 얼굴이 붉으락푸르락한다.

"양심? 헐! 저번에 내가 좀비 괴롭히는 거 도촬하고 인스타에 릴스 올린 게 누군지 내가 모를 줄 알아? 근데 끝까지 시치미 뗀 랑켄은 양심이 있고? 모르긴 몰라도 경찰서장 삼촌 빽 좀 썼을 걸. 우리나라가 이래서 안 돼요. 유전유죄, 무전무죄! 돈 없고 빽 없는 나 같은 사람 서러워서 살겠냐고! 너 괜히 나서다가 다치지 말고 조용히 꺼져 줄래?"

석근수는 한자를 잘못 말한 줄도 모르고 한껏 이죽댄다. 신비는 대꾸할 가치도 없다는 듯 진저리를 치며 자리를 벗어난다.

석근수는 분을 이기지 못하고 책상 위에 있던 책들을 쓸어 버린다. 그러고는 쓰레기통을 툭 차고 교실 문을 나선다. 쓰레기통은 쓰러지면서 온갖 쓰레기를 토해 내고 이리저리 흔들린다. 내 걸음은 비틀거리고, 몸은 휘청거리고, 마음도 흔들린다.

나는 숨 쉬는 게 버거워진다. 애들이 힐끔거리며 나를 지나간다. 일이 점점 파국으로 치닫고 있다는 느낌에 사로잡힌다.

종소리가 들린다. 나는 그길로 무작정 복도로 나와 계단을 올라간다. 층계참에서 숨을 할딱거린다. 한 계단 한 계단 밟아 오른다. 호흡이 가빠질수록 가슴이 갑갑하다. 옥상으로 가는 문손잡이를 돌린다. 잠겨 있다. 나는 그 자리에 털썩 주저앉는다.

석근수의 말이 자꾸만 귀에 쟁쟁거린다. 내 인생이 불쌍하다는 말. 하유찬이 더듬거리며 했던 말도 떠오른다. 프랑켄슈타인. 정말 최악이다. 투명 인간도 모자라 괴물 취급이라니.

자포자기하는 심정으로 터덜터덜 계단을 내려온다. 1층까지 다 못 내려오고 무릎이 꺾여 주저앉는다. 어디선가 바람 한 줄기가 불어온다. 무심코 고개를 들어 보니 계단참에 운동장 쪽 창문 하나가 열려 있다. 나는 손바닥으로 벽을 짚고 일어서 창문 밖으로 고개를 내민다. 바로 밑에 넓은 난간이 보인다. 마치 탈출구처럼 보인다. 뛰어내려서 어디론가 도망치고 싶다. 나는 망설이지 않고 낮은 창을 타 넘어 뛰어내린다. 다리를 부여잡고 통증을 달래지도 않는다. 털썩 주저앉자 신발 바닥에 남아 있는 껌 흔적이 눈에 들어온다. 나는 신발과 양말을 벗는다. 랑켄? 자조 섞인 웃음이 바람에 날린다.

천천히 맨발로 일어선다. 하늘을 올려다보니 온통 파랗다. 눈이 부시다. 하늘이 양떼구름을 깔아 놓고 품을 열며 손짓한다. 나는 절뚝거리며 난간 끝으로 한 발짝 앞으로 다가간다. 살갗에 닿는 바람이 부드럽다. 이모, 엄마, 아빠, 신비, 김완이, 하유찬, 석근수 얼굴이 순식간에 나타났다가 사라진다. 마음은 다 해진 양말처럼 남루하기 이를 데 없는데 눈앞에 펼쳐진 광경은 미치도록 아름답다. 양떼구름이 내게 다가온다. 나도 양떼구름을 마중 나가는 것처럼 손을 뻗는다. 그리고 걸음을 내딛는다. 한 발짝 또 한 발짝……. 문득 이런 상황이 낯익다는 느낌이 든다. 공사가 중단된 건물 2층, 그 애와 나. 온몸에 힘이 빠지면서 현기증이 인다. 순간 나는 다리에 힘이 풀리며 휘청거리고, 양떼구름은 쏜살같이 다가와 나를 둥실 태운다. 무슨 일이 일어나는지 모른 채, 나는 눈을 감는다.

14. 짧은 인사

김완이가 내 멱살을 거머쥐고 구석으로 몰아넣는다. 애들은 팔짱을 낀 채 구경만 하고 있다. 난 얼어붙은 듯 한 발짝도 움직일 수가 없다.

"어때, 기분?"

김완이가 멱살을 풀고 비웃으며 길쭉한 거울을 비춰 준다. 거기엔 프랑켄슈타인이 있다.

"아냐, 저건 내가 아냐!"

나는 비명을 지르며 거울을 내동댕이친다. 산산조각 나길 바라지만 거울은 흠집 하나 나지 않는다. 연극 무대 같았던 교실이 갑자기 정육면체가 온통 거울인 방으로 바뀐다. 거울에는 프랑켄슈타인, 아니 내가 비친다. 어디선가 박장대소하는 소리가 들려온다. 두 손으로 귀를 틀어막지만 더 크게 들린다.

나는 스포트라이트를 받고 있다. 왁자지껄한 소리에 주위를 돌아보니 복도 창문으로 다른 반 애들까지 몰려와 구경하고 있다. 모든 게 가짜라는 생각이 들어 몸을 마구 흔든다. 묵직한 철근 같은 게 내 몸뚱이를 내리누르고 있는 것 같다. 감았던 눈을 번쩍 뜬다. 잠자던 주위 소리들이 깨어난다. 누군가 부산스레 움직이기 시작한다. 어렴풋이 기억이 돌아온다.

나는 병원 응급실 침대에 누워 있다. 지친 표정으로 앉아 있는 엄마가 아슴푸레 시야에 들어온다. 나는 얼른 눈꺼풀을 닫는다. 간간이 우는 소리가 나는가 싶더니 갑자기 악쓰는 소리도 들린다. 그 소리 틈으로 엄마 목소리가 귓속을 파고든다.

"미안해. 엄마가 정말 정말 미안해. 모두 엄마 잘못이야."

엄마는 말하다 말고 울음부터 터뜨린다. 더이상 듣고 싶지 않다. 다행인지 불행인지 목소리가 점점 귀에서 멀어지고 난 다시 잠에 빠져든다.

다시 정신을 차렸을 때 실눈을 뜬 채 주위를 두리번거린다. 아무도 없다. 상체를 일으켜 본다. 찌릿, 골반 쪽에 통증이 있다.

"어때, 기분?"

어느새 엄마가 다가와 있다. 문득 꿈속 장면이 떠올라 소스라치게 놀라다가 마음을 가라앉힌다. 엄마는 테이크아웃한 아메리카노를 한 모금 홀짝이며 침대에 걸터앉는다. 나는 엄마랑 눈을 마주치는 게 어색해 고개를 돌린다. 눈알이 뻑뻑하고 편두통이 도진다.

"검사 결과 나왔는데, 골반 쪽에 찰과상하고 타박상 있는 정도래. 다친 데 또 다쳤음 어쩔 뻔했니? 그만하길 천만다행이다. 왜 그런……."

엄마는 더 이상 말을 잇지 못하고 입술을 파르르 떤다. 내가 극단적인 선택을 한 걸로 단단히 오해한 모양이다.

난 엄마 모습을 계속 지켜본다. 퀭한 눈, 주름과 기미와 다크서클이 가득한 눈가, 거친 머리칼, 푸석푸석하고 탄력 없는 얼굴. 엄마의 맨얼굴이 왠지 낯설게 다가온다. 사고 나기 전까지만 해도 엄마는 무척 세련된 커리어 우먼이었다.

"퇴원해도 된대."

"이모는?"

"원무과에 계산하러."

엄마가 코를 훌쩍이고 손등으로 눈물을 닦는다. 그러더니 슬며시 내 손을 잡는다.

그때 의사와 간호사 몇 명이 분주히 움직이며 응급 환자를 데리고 들어온다. 곁눈으로 흘끔 보니 온몸이 피로 흥건하다. 교통사고라고 말하는 소리가 들린다. 몇 달 전 내 모습이었을 거라는 생각에 한시도 눈을 떼지 못한다. 심장이 제멋대로 요동친다.

퇴원한 뒤 주말을 포함해 사흘 동안 학교에 안 가고 있다. 이제 3학년 진급 같은 것엔 관심이 없다. 가급적 방 밖으로 안 나가고 방문도 잠근 채로 지낸다. 어쩌면 석근수와 하유찬 말대로 내년에도 2학년이 될지 모른다. 엄마 아빠는 침묵으로 일관한다. 나는 목이 빠져라 밤이 오기만 기다린다. 어둠이 스며들기 시작하면 창문을 열고 찬 바람을 쐰다. 폐부 깊숙이 공기를 빨아들이지만 마스크를 쓰고 마라톤을 하는 것처럼 답답하다. 미로 공원에 들어서자마자 누군가 철창으로 출입구를 봉쇄할 때의 암담함이 이럴까. 나는 지금 계속 헤매고 있다. 출구가 안 보인다. 후, 한숨을 내쉬자 입김이 풀풀 날린다.

엄마 아빠가 노크를 하더니 잠시 후 열쇠로 내 방문을 따고 들어온다. 소리 지를 힘도 없는 나는 이불을 뒤집어쓴다. 이불 속에서 붕어빵 손난로를 만지작거린다. 요즘 영양실조 걸린 내 맘을 유일하게 위로해 주는 물건이다.

엄마가 침대에 걸터앉는다.

"얼른 일어나서 한술이라도 떠."

헐. 이제 와서 새삼스럽게 웬 엄마 노릇? 나는 속으로만 비아냥거린다.

"제발 귀찮게 좀 하지 마!"

이불을 젖히고 벌떡 일어나다가 얼떨결에 쟁반을 친다. 쟁반과 쟁반에 놓여 있던 죽 그릇이 방바닥으로 나동그라진다. 죽이 아빠의 안경과 웃옷에까지 튄다.

"계속 제멋대로 굴 거야!"

아빠가 소리를 지른다. 나는 주먹을 꽉 쥔다.

"여보……."

엄마가 아빠를 말린다. 하지만 아빠는 멈추지 않는다.

"도대체 너 언제까지 이럴 거야? 그런다고 뭐가 달라져? 빨리 정신 차릴 생각을 해야지."

"제발 좀! 당신까지 나 힘들게 하지 마. 그리고 당신은 그런 말 할 자격 없어."

엄마가 아빠를 온몸으로 막으며 울먹인다. 내가 보기엔 자격 운운하는 엄마도 웃긴다.

"에잇!"

아빠가 문을 쾅 닫고 나간다. 아빠의 방식이다. 불편하면 무시하거나 외면하는 거.

"아악!"

나는 손으로 귀를 막고 비명을 지른다. 엄마가 와락 나를 껴안는다. 벗어나려고 버둥거리지만 엄마는 더 강하게 힘을 준다. 그러고는 손바닥으로 내 등을 쓰다듬는다. 신기하게도 펄떡이던 심장이 조금씩 진정된다.

"우제야, 내일 병원 가서 상담 치료 받자, 응? 제발 부탁이야."

엄마 얼굴은 눈물로 얼룩진다. 난 애써 외면한다.

"엄마도 나가!"

그렇게 소리 지르는 내가 딴사람이 된 것 같다. 악령에게 잠식당한 것 같다.

엄마는 물티슈를 뽑더니 엎질러진 죽을 훔쳐 낸다. 그러고는 갑자기 동작을 멈추고 어깨를 들썩인다. 나는 다시 이불을 뒤집어쓴다. 뜨거운 눈물이 콸콸 쏟아진다. 너무 많이 울었는지 속이 울렁거린다.

눈앞이 가물가물하다. 의식이 점점 흐릿해진다. 누군가 방문 여는 소리가 들린다. 가까이 다가온다. 엄마 냄새다. 엄마가 손가락으로 내 머리칼을 쓸어 넘긴다. 내 이마를, 관자놀이 쪽의 흉터를, 무릎과 다리를 어루만진다. 따듯하다. 엄마가 흐느끼며 내 손을 꼭 쥔다.

"엄마가 그동안 많이 부족했던 거 인정해. 용서해 달라는 말은 하지 않을게."

나는 점점 의식이 또렷해져 온다. 훌쩍훌쩍 우는 소리, 코를 팽 푸는 소리…….

"엄마가, 엄마가…….."

엄마는 이불깃을 여며 주며 한참 뜸을 들인다.

"우제야, 미안해. 엄마 때문에…….."

엄마가 자책하기 시작한다.

"됐어. 말하지 마."

나는 냉정하게 말하고는 등을 돌린다.

"어?"

"피곤해. 잘래."

"그래……. 자, 푹."

엄마는 기도를 하는지 한참 동안 혼자 중얼대다가 불을 끄고 밖으로 나간다.

잠이 산사태가 난 듯 쏟아진다. 악몽 속으로 쑥 빨려 들어가는 기분이다. 깨어나려고 발버둥을 칠수록 더 깊은 수렁으로 빠져드는 것 같다.

힘겹게 악몽의 사슬을 끊고 깨어난다. 온몸이 식은땀으로 축축하다. 화장실로 가 눈을 감은 채 샤워기를 튼다. 물줄기가 몸에 따갑게 내리꽂힌다. 사라졌으면 하는 생각의 불순물들은 뇌리에 엉겨붙어 씻기지 않는다.

나는 안식을 주지 않는 집을 벗어난다. 모자챙을 내리고 정신없이 걷다 보니 또 학교 앞이다. 발로 바닥에 찌그러져 있는 깡통을 퍽 찬다. 깡통은 데굴데굴 요란스러운 소리를 내며 굴러가다 가로수에 턱 부딪힌다. 저 요란스러운 소리, 그건 깡통의 절규가 아닐까? 문득 그런 생각이 들자 소름이 끼친다. 김완이는 차이고 밟혀도 찌그러질 뿐 내색하지 않았다. 그때 김완이도 분명 절규하고 있었을 텐데……. 그건 아마도 현재 진행형이겠지?

횡단보도를 건너려는데, 마침 김완이가 교문 밖으로 나오고 있다. 조퇴? 발바닥에 박인 티눈 같은 김완이. 나도 모르게 김완이를 미행한다. 예정에 없던 일이다. 김완이는 가방을 멘 채 터덜터덜 걸어간다. 육교를 오르내릴 때는 픽 쓰러질 것처럼 위태로워 보인다.

김완이는 별안간 걸음을 멈추고 주머니에서 핸드폰을 꺼낸다. 언젠가 장난으로 숨겼다가 김완이가 아무 반응을 보이지 않아 실망하고 던져 준, 군데군데 깨지고 흠집 난 구형 핸드폰. 김완이는 짧게 통화하고 또 걷는다.

김완이가 멈춘 곳은 붕어빵 아줌마가 있는 노점 앞. 김완이는 발로 바닥을 툭툭 찬다. 나서기 좋아하는 아줌마가 또 이런저런 잔소리를 늘어놓는 모양이다. 5분쯤 지났을까. 김완이는 붕어빵을 한 봉지 들고는 다시 걸음을 옮긴다. 배가 고픈지 붕어빵 한 개를 베어 먹는다. 어이없게 입안에서 군침이 돈다.

김완이가 문득 뒤돌아본다. 나는 아차, 하고 건물 벽에 기대며 재빨리 숨지만 한발 늦었다. 나는 천연덕스럽게 물었다.

"너 배짱 많이 늘었다. 아픈 거 같지도 않은데 조퇴까지 하고. 설마 무단 조퇴는 아니지?"

"애들 어제 수학여행…… 갔어. 나는 자습하다가 온 거야."

금시초문은 아니다. 얼마 전에 담임이 예의상 물어보긴 했다. 생각 있으면 말하라고. 괜찮으면 같이 가자, 이렇게 나올 줄 알았던 나는 당황했지만 티를 내지는 않았다. 나는 고개를 가로저었던 걸로 기억한다.

"근데 여긴 어쩐 일로?"

김완이의 물음에 차마 미행했다는 말은 하지 못한다.

"운동을 꾸준히 해 줘야 하거든. 많이 걷는 게 좋대. 너 따라왔을까 봐? 착각하지 마!"

나는 군색한 변명을 한다. 그리고 딱히 할 말이 없어 편의점에 들어가 이온음료 두 개를 산다. 그러고는 김완이에게 하나를 건넨다.

"고마워."

캔 뚜껑을 따고 음료를 한 모금 마신다. 그러고는 시선은 딴 데 둔 채 묻는다.

"참, 몸은 괜찮아?"

"보시다시피. 넌?"

"나도 뭐."

우린 한동안 아무 말 없이 어색한 시간만 흘려보낸다.

"나 간다."

"응. 잘 가."

김완이가 손을 흔든다. 문득 가슴속에서 미안하다는 말이 솟구쳐 오른다. 심장이 찌르르 아프다. 나는 아무 말도 못 하고 몸을 돌린다.

"운동 더 안 해도 돼?"

뒤에서 김완이가 묻는 소리가 들린다. 나는 뒤를 돌아본다. 김완이가 어설프게 씩 웃는다. 그 웃음이 낯설고 서글프다. 김완이가 저렇게 생겼구나. 김완이를 정면에서 이렇게 오래 바라본 건 처음이라는 생각이 든다. 가만, 어디서 본 얼굴 같은데……. 생각하다가 금방 잊는다.

"담에."

나는 뒤돌아선다.

"가."

김완이가 짧게 인사한다. 눈알이 뻑뻑하고 따갑다. 나는 황급히 몸을 돌려 그곳을 벗어난다. 쿵덕거리는 심장이 몸 밖으로 튀어나올 것 같다.

15. 수평선

어기적어기적 힘겹게 발걸음을 내디딘다. 몸이 휘청거린다. 다리 속에 박힌 금속처럼 머릿속에 김완이가 박혀 떠나질 않는다. 타임머신을 타고 과거로 돌아가 내가 했던 일들을 전부 뜯어고치고 싶다. 그럼 과거의 어느 시점으로 돌아가야 할까? 사고가 나기 직전? 데몬스를 처음 만든 날? 장래 희망을 놓고 엄마와 언쟁을 벌였던 초등학생 때? 잡넘이 벽을 타고 담쟁이덩굴처럼 뻗어 나가다가 의지할 데 없는 허공에서 갈피를 못 잡고 있는 느낌. 눈앞이 어질어질하다.

나는 도깨비에 홀린 듯 정차해 있던 버스에 오른다. 창밖 풍경이 황량하다. 어느덧 버스는 시내를 벗어나 강변도로를 달린다. 갈대꽃이 한창이다. 강물은 보석 같은 햇살 조각들을 빛내며 유유히 흐른다. 사람들은 정답게 말을 주고받으며 갈대숲 길을 산책하거나 운동복 차림으로 조깅을 하고 있다. 깔깔거리며 팔짝팔짝 뛰는 아이들도 보인다. 저 특별할 것 없는 풍경이 사무치게 그리워 눈시울이 뜨거워진다.

버스 스피커에서 곧 종점이라는 안내 방송이 흘러나온다. 버스에서 내린 나는 목적지 없이 한참을 걷는다. 얼마 뒤, 비포장도로로 들어선다. 군데군데 파이고 돌까지 박힌 울퉁불퉁한 길. 내 삶의 모양과 닮은 것 같다. 바람이 분다. 강가를 향해 걷는다. 갈대들이 서로의 몸을 비비며 사각사각 운다. 눈에 눈물이 그렁그렁 차오른다. 나도 울고 갈대도 운다. 소리 내어 실컷 운다. 생각보다 후련하다.

어느덧, 강 건너 서산으로 설핏해진 해가 떨어지고 있다. 붉은 해가 마지막까지 쥐어짜듯 햇살을 뿌린다. 그 햇살은 내 얼굴을 어루만지며 스러져 간다. 들판에 어둑발이 퍼진다. 마치 꿈을 꾸는 듯 몽환적이다. 서산에 불그스름한 노을이 진다.

버스 정류장 쪽으로 걸어간다. 마치 나를 기다리고 있었다는 듯 마지막 버스가 출발한다. 맨 뒤 의자에 앉자마자 창밖을 본다. 유리창에 내 모습이 비친다. 그리고 곧장 깨닫는다. 모자를 쓰고 있지 않다는 걸. 그래도 아무렇지 않다는 걸.

집으로 돌아와 주춤주춤 담장 쪽으로 다가간다. 조명은 담쟁이를 환히 비추고 있다. 담쟁이는 성장을 멈춘 채 바싹 말라 있다.

이 상태로 겨울을 보내고 다시 봄이 되면 새순이 돋아 위로 아래로 덩굴손을 뻗어 가겠지. 내려가는 것도 삶의 또 다른 방법이지 않을까? 꼭 올라가는 길만 있는 것은 아니니까. 올라가다 내려가기도 하고, 내려가다 올라가기도 하고, 그러다 옆으로 새기도 하고……. 그 모든 게 다 길이고, 그 길에서는 저마다 새롭고 다른 세상이 펼쳐질 거고, 거기서 사는 삶 또한 그 나름대로 의미와 가치가 있지 않을까.

현관문을 열자 속을 끓이며 거실을 서성거리는 엄마가 보인다.
"어디 갔다 이제 와? 응? 핸드폰은 왜 두고 갔니?"

나는 내 방으로 들어가 침대 머리맡에 뒤집힌 핸드폰을 주워 든다. 배터리를 충전하고 전원 버튼을 누른다. 스팸 전화나 스팸 문자를 빼면 부재중 전화 열 몇 통. 문자 메시지 다섯 개. 그리고 여태 확인하지 않은 음성 메시지 하나. 김완이한테서 온 세 개의 문자는 똑같다.

> 괜찮아?

신비한테서 온 문자.

> 왜 이렇게 전화가 안 돼?

> 괜찮은 거지?

그리고 하유찬한테서 온 문자.

> 임우제 미안 진짜 진짜 미안

마지막으로 음성 메시지를 확인하려고 비밀번호를 입력한다. 받은 날짜를 보니 얼마 전 학교에 안 가고 여기저기 쏘다닐 때다. 주저하다가 조심스레 말문을 여는 여자애 목소리.

무슨 일 있어? 왜 학교 안 나와? 걱정돼. 연락해. 꼭…….

신비다. 떨리는 목소리에 한숨까지. 진심일까, 동정일까. 눈시울이 뜨거워진다. 그때 문자 수신음이 들린다. 신비가 보낸 사진과 문자.

> 제주 바람, 바다, 베리 굿!
> 하늘도 바다도 온통 파래
> 수평선 찍어 보냄

파란 하늘 그리고 파란 바다. 어디서부터가 바다이고 어디서부터가 하늘인지 분간이 안 된다. 수평선에 반듯하게 누워 햇살을 담뿍 받으면 좋겠다. 그럼 마음속에 피어나고 있는 곰팡이가 흔적도 없이 사라질 것 같다.

언젠가 과학 시간에 선생님이 했던 말이 기억난다.

"식빵에 곰팡이가 생기면 어떻게 하나요? 생각할 것도 없죠. 못 먹으니까 버리겠죠. 하지만 메주에 곰팡이가 생기면? 맛있는 간장이나 된장, 고추장을 만드는 재료가 돼요. 이 둘의 차이가 바로 부패와 발효예요. 부패와 발효는 둘 다 미생물에 의해 분해가 일어나는 과정이에요. 근본적으로 같은 거죠. 하지만 인간에게 이로우면 발효이고, 해로우면 부패예요. 같은 반응에 대해 지극히 인간적인 시각에서 서로 다른 용어가 만들어진 거라고 볼 수 있어요."

문득 난 다른 사람들한테 이로웠던 적이 있었나 하는 생각에 자못 심각해진다. 단언컨대 없다. 나는 부패하고 있는 중이라는 결론. 주변에 썩은 냄새를 풍기면서 사람들 마음에 생채기나 내고 해충처럼, 일반 쓰레기처럼 살았다. 인생의 어느 한 지점을 내 손으로 도려내고 고치는 대수술을 한다면, 부패를 멈출 수 있을까.

나는 숨을 고르고 신비가 보낸 문자에 있는 링크를 누른다. 유튜브가 열리더니 노래가 재생된다. 가사와 목소리와 멜로디가 가볍고 상큼하고 발랄하다. 노래가 흐르는 동안 눈부신 햇살 아래 시원한 바람을 맞으며 신비와 함께 손잡고 수평선을 달리는 듯한 착각에 사로잡힌다.

그날 밤, 꿈을 꾼다. 이제껏 꾸던 악몽과는 다르다. 왜소해 보이는 형체가 어쩐지 김완이 같다. 우리 둘은 절벽 위에 서 있다. 끝없이 펼쳐진 바다가 한눈에 들어온다. 순간 김완이가 절벽 아래로 뛰어내리더니 수면 위를 걸어가기 시작한다. 나도 망설이지 않고 몸을 던진다. 내 몸은 가뿐하게 날아 수면 위에 닿는다. 잔물결이 발바닥을 간질인다. 조심스럽게 오른발을 내디딘다. 그다음은 왼발, 오른발, 왼발……. 웬일인지 아무렇지도 않다. 어느새 우린 잔잔한 수평선 위에 서 있다. 마주 보고 서로의 가슴 한가운데에 손을 댄다. 거기에 리셋 버튼이 숨겨져 있다. 꾹 누른다. 수평선에 잔물결이 인다. 난생처음인 듯 심장이 뛰기 시작한다. 발갛게 해가 떠오른다. 아팠던 기억들이 흐릿해지고 가슴은 환해진다.

16. 발신 메시지: 괜찮아?

눈을 뜬다. 날이 희붐하게 밝아 온다. 또 하루의 시작. 간단하게 스트레칭을 한다. 숨을 깊이 들이쉬고 내쉬며 거실로 나온다.

"일어났어?"

엄마는 약간 부자연스럽게 미소를 띠며 말한다.

"생일 축하해. 파티는 좀 그렇고, 혹시 갖고 싶은 거 있어?"

오늘이 내 생일? 까맣게 잊고 있었다. 나는 딱히 갖고 싶은 게 없어서 조금 울적하다. 그때 문자 수신음이 울린다.

> 선물 맘에 들었으면 좋겠다. 생일 완전 진심 축하!!!

신비한테서 온 문자다.

붕어빵 손난로가 신비의 생일 선물? 수학여행 때문에 전하지 못할까 봐 미리 준 건가? 갑자기 기쁨이 솟구친다. 이런 기분을 느껴도 되나 싶은 마음에 불안하다. 나는 심한 갈증을 느끼고 물을 벌컥벌컥 들이켠다.

식탁엔 굴을 넣고 끓인 미역국이 놓여 있다. 계란말이와 김 그리고 갈비찜과 잡채. 내가 좋아하는 반찬들. 불안정하게만 보였던 엄마 얼굴에 약간의 변화가 생긴 것 같다.

"시청에 볼일 좀 보고 올게. 이따 이모 올 거니까 필요한 거 있음 이모한테 말하고. 또 말없이 나가면 안 된다. 약속할 수 있지?"

내가 아무 반응을 안 보이자 엄마는 내 손을 슬며시 잡는다. 내가 손을 조금씩 빼자 엄마가 더 꽉 잡는다. 잠시 뒤 엄마는 손아귀의 힘을 풀고 핸드백을 챙긴다. 복직을 하는 모양이다. 차라리 잘됐다. 엄마랑 부딪힐 확률이 그만큼 줄어드니까.

미역국을 떠먹는데 삐거덕, 현관문 열리는 소리가 들린다.

"아, 참! 학교 가기 싫으면 안 가도 돼. 앞으로도 쭉!"

엄마 얼굴이 편안해 보인 건 착시일까? 어쨌거나 내가 엄마 말을 듣고 기뻐 날뛸 줄 알았다면 오산이다. 학교 그까짓 것 엄마 아빠 허락 없이도 내 맘대로 할 생각이었다. 다만 엄마를 변하게 한 계기가 무엇인지 궁금하다.

얼마 뒤, 현관문 닫히는 소리와 대문 벨 소리가 동시에 들린다.

"임우제! 어디 갔었어? 엄마가 어제 나한테 열두 번도 더 전화했다. 제발 철 좀 들지?"

이모도 평소보다 생기발랄하게 말한다. 눈물이 핑 돈다.

"생일 축하해. 이건 이모 선물."

이모가 직접 만든 생크림 케이크를 식탁 위에 올려 둔다. 나는 생크림이 묻은 샤인 머스캣 한 알을 입에 넣고 깨문다. 달콤하고 시원한 과즙이 퍼진다.

"근데 이 퀴퀴한 냄새는 뭐지? 집에 곰팡이라도 슬었나?"

이모는 혼잣말을 하며 베란다 쪽으로 걸어가 커튼을 착착 걷고 창문을 활짝 열어젖힌다. 그러더니 또 혼자 중얼거린다.

"커튼 색깔 좀 바꿔야겠다. 너무 칙칙해. 그동안 내가 이걸 왜 몰랐을까?"

늘 어두침침하던 거실에 햇살이 무더기로 쏟아진다. 차고 맑은 공기가 미지근하고 탁한 공기를 밀쳐 내고 들어온다. 눈이 부시다. 가슴이 시리다.

"아들 생일이라고 오랜만에 솜씨 좀 부려 본 모양이네. 어디 맛 좀 볼까?"

이모가 잡채를 집어 먹고는 손가락을 빤다.

"음, 제법이다."

이모는 주방에 가 냉장고 문을 연다. 부스럭부스럭 한참 뒤지더니 한숨을 푹 쉰다.

"며칠 신경 안 썼더니 쯧쯧쯧. 너 모르지? 너네 엄마가 어릴 때 얼마나 얌체였는지. 그때부터 내가 알아봤어. 먹는 것도 입는 것도 다 자기가 우선이야. 세상에, 세상에, 이 아까운 음식에 곰팡이 슨 것 좀 봐."

이모가 머플러를 풀고 외투를 벗어 식탁 의자에 걸쳐 둔 뒤 소매를 걷어붙인다. 본격적으로 대청소를 시작할 모양이다. 나도 몸이 근질근질한 게 청소라도 하고 싶다. 그러면 혈관을 타고 흐르던 나쁜 피가 땀으로 배출될 것 같다. 곧장 실행에 옮긴다. 이모가 냉장고를 정리하며 해맑게 웃는다.

나는 진공청소기를 들고 구석구석 민다. 먼지와 티끌이 순식간에 빨려 들어간다. 한때 눈에 띄지 않는 먼지와 티끌이 되고 싶은 적이 있었다. 근데 이런 쓸쓸한 최후는 좀 아닌 것 같다.

샤워를 한 뒤, 소파에 앉아 빈둥대다가 방으로 들어가 침대에 눕는다. 붕어빵 손난로를 만지작거리자 문득문득 학교가, 김완이가, 신비가 떠오른다.

벌떡 일어나 화장실로 간다. 꼼꼼하게 양치하고 세수를 하고 머리를 감는다. 모자를 쓸까 말까 망설이다가 내버려둔 채 신발을 꿰차 신는다.

"이모, 나 학교."

"그래! 임우제답다. 오늘도 안 가면 이모가 두들겨 패서라도 쫓아 보내려 했는데. 손 안 대고 코 풀었네."

이모는 웃으면서도 코를 훌쩍인다.

"우제야, 자식은 부모한테 이기적이어도 돼. 그러니까 앞으로 너 하고 싶은 거 하면서 살아. 너는 뭘 하든 멋지게 해낼 거라 믿어. 응원할게."

이모는 주먹을 꽉 쥐며 파이팅을 외친다. 꾹꾹 눌러 담은 진심이 느껴진다.

나는 오늘 아침을 먹고 전자레인지로 붕어빵 손난로를 데우고 학교에 간다. 하지만 이모가 생각하듯 학교에 적응하기 위해 가는 건 아니다.

교문 안으로 들어서니 반 애들은 체육 수업 중이다. 운동장에서 남녀구분 없이 대항으로 축구와 농구를 하고 있다. 난 철봉이 있는 곳으로 어슬렁어슬렁 걸어간다. 마침 내 쪽으로 농구공이 데굴데굴 굴러온다.

난 마음속으로 농구공을 잡는다. 통통, 농구공을 튕긴다. 드리블을 한다. 이 공을 멋지게 날려 골인. 상상만으로도 짜릿하다. 종이 친다. 정신을 차리고 보니 농구하던 아이들이 사라지고 없다. 나는 골대를 향해 농구공을 힘차게 던진다. 리바운드된 공은 저 혼자 통통 땅바닥을 울리면서 굴러간다. 그러더니 이내 잠잠해진다. 나는 고개를 푹 숙인다.

한참 뒤에 통, 통, 통, 통, 농구공 튕기는 소리가 들린다. 누군가 다가온다.

"언제 약속 지킬 거야?"

신비 목소리다.

"한 수 가르쳐 주기로 했잖아. 설마 잊은 건 아니겠지?"

가까스로 뒤돌아서지만 입이 떨어지지 않는다.

"집에 전화했었어. 너희 어머니가 괜찮다고 하셔서."

신비는 농구공을 계속 튕기면서 피식 웃는다. 보조개가 살포시 들어간다.

"이거, 선물!"

신비가 주머니에서 뭘 꺼내더니 불쑥 내민다.

"감귤 초콜릿이야. 제주도 수학여행 기념."

난 얼떨결에 초콜릿을 건네받는다. 그 순간 눈에 들어온다. 신비 손가락에서 휘황찬란하게 반짝이는 커플링. 쿵쿵, 쿵쿵, 심장 박동 소리가 농구공 튕기는 소리보다 크게 들린다.

나는 머쓱한 표정으로 뒷머리를 긁적인다. 서로 마주 보다가 어색하게 웃는다. 몇 번 반복한다.

"먼저 갈게."

"응."

신비가 손을 흔들며 기다리고 있는 친구들한테 뛰어간다.

나는 신비의 뒷모습을 한참 바라보다가 수돗가로 걸어간다. 손바닥에 물을 담아 얼굴에 뿌린다. 무심코 하늘을 올려다본다. 정말 오랜만에 보는 하늘이다. 눈이 시리도록 새파랗다. 이 순간 숨을 쉬고 있다는 게 좋아서 좀 슬프다.

"싫어?"

난데없이 누군가의 목소리가 툭 튀어나온다. 고개를 두리번거린다. 은행나무 뒤쪽이다. 그림자 두 개가 보인다. 나는 다가가면서 귀를 쫑긋 세운다.

"이래도 싫어?"

귀에 익은 목소리다. 석근수 그림자가 하유찬 그림자를 거의 뒤덮고 있다. 무슨 일인지 숨이 막혀 온다.

"그래, 싫어. 이제 진짜 싫어. 난 빠질래."

하유찬 그림자가 낮은 목소리로 또박또박 말한다.

"좋아. 알았어. 네 맘대로 해. 단, 앞으로 네가 좀비와 랑켄 대신이다. 각오하는 게 좋을 거야."

하유찬이 보낸 사과 문자가 마음에 걸린다. 하유찬과 상종하지 않겠다고 결심했지만 마음이 흔들린다. 바람 한 줄기가 불어오더니 운동장의 먼지를 휩쓸고 지나간다.

"왜 아무 말이 없어? 알았냐고!"

석근수 그림자가 윽박지르는 소리가 들린다.

"알았어, 할게. 대신 이번이 마지막이야."

"그건 그때 가 봐서."

석근수 그림자가 자리를 뜬다. 하유찬 그림자는 그 자리에 계속 서 있다. 아니, 곧 주저앉더니 은행나무에 등을 기댄다. 꼬챙이로 바닥에 뭔가를 끼적댄다.

나는 슬금슬금 하유찬에게 다가간다. 큼큼, 헛기침 소리를 낸다. 하유찬이 깜짝 놀라 일어나더니 발로 뭔가를 지운다. 눈에 눈물이 그렁그렁하다. 하유찬은 나에게 무슨 말인가를 하려고 머뭇거리다가 한숨을 쉬며 잽싸게 달아난다. 그러면서 나를 힐끔 뒤돌아보는데 표정이 낯익다. 하유찬과 김완이와 나의 표정. 어딘지 모르게 닮은 구석이 있다. 그동안 하유찬이 협박당하고 있었다니. 김완이처럼, 나처럼 되지 않기 위해 발악하고 있었다니. 그 사실을 알았다고 달라지는 건 없다. 어쨌든 그건 하유찬의 선택이었으니까. 하지만 하유찬의 머뭇거림과 한숨이 계속 신경 쓰인다. 발로 지운 건 뭐였을까.

급식을 몇 숟갈 뜨다 말고 교실로 들어온다. 주변도 아닌데 석근수랑 하유찬이 칠판을 닦고 있다. 나는 가급적 눈에 띄지 않으려고 조용히 자리에 앉는다. 책상 귀퉁이에 낙서에 눈이 간다.

좀비 ♡ 랑켄
우리 그냥 사랑하게 놔두세요ㅠㅠ

불현듯 아까 은행나무 뒤에서 밀담을 나누던 석근수와 하유찬이 떠오른다. 난 윗니로 아랫입술을 잘근잘근 깨문다. 몸에 열이 오른다.

주위를 둘러본다. 김완이는 여전히 엎드려 있다. 저건 어쩌면 김완이의 허물일지 모른다. 그래서 감각이 없고, 그래서 어떤 공격을 당하든 내버려두는지도.

태풍의 눈 속처럼 조용한 하루가 흐른다. 석근수와 하유찬이 김완이를 사이에 끼우고 어깨동무를 한다. 그러고는 나를 힐끔거린다. 무슨 신호 같다. 나를 게임에 끌어들이려는 속셈이 뻔하고 유치하다. 하지만 나는 묵묵히 뒤따른다.

셋은 학교를 유유히 벗어난다. 횡단보도를 건너 계속 걷다가 후미진 골목으로 들어간다. 하유찬이 핸드폰을 꺼내 촬영 준비를 한다.

"오늘 네 생일 맞지? 축하한다."

석근수 입에서 악당 같은 목소리가 흘러나온다. 소름이 훅 끼친다. 김완이 생일과 내 생일이 같은 날이라니. 몰랐던 사실이다.

"자, 시작!"

석근수가 육중한 몸으로 지휘하며 선창한다.

"왜 태어났니?"

"좀비! 좀비! 큐티 좀비!"

하유찬이 우스꽝스러운 율동을 하며 뒤를 잇는다. 표정에는 불편한 기색이 역력하다.

"너니까 이렇게 해 주는 거야. 우리 같은 찐친 있어? 없잖아. 너 크게 한턱 쏴야 된다."

하유찬이 말한다. 마치 연기를 하는 것 같다.

"어때? 기분 죽이지?"

석근수는 잔뜩 독이 오른 뱀처럼 차갑게 내뱉는다.

"왜 대꾸가 없지? 사람 말이 말 같지 않다는 건가?"

그 말에 온몸이 서늘해진다. 팔뚝에 솜털이 곤두선다.

"그만해!"

"그마아아아아안!"

내 목소리가 김완이 입에서 터져 나온 소리에 묻힌다. 내 눈에 김완이는 허물처럼 보였는데, 어쩌면 내 착각일지 모른다.

"헐! 굼벵이가 또 꿈틀하네. 아, 취소! 다시, 다시! 좀비가 발악하네."

석근수가 낄낄거리며 선을 넘는다. 순간 김완이는 옆에 방치된 듯한 자전거를 발로 차 넘어뜨린다. 그동안 저축해 두었던 분노를 죄다 터뜨릴 기세다. 나는 내 눈을 의심한다. 잠시 주춤했던 석근수가 김완이를 밀친다. 넘어진 김완이의 무릎에서 피가 흐른다.

"이렇게들 나온다고? 그래, 좋아. 이참에 또 찍어 보시지. 찍어서 인터넷에 올려 봐. 이 얍삽한 좀비들아. 내가 그까짓 걸로 겁낼 줄 알아?"

석근수는 숨을 몰아쉬며 나와 김완이한테 소리친다.

"야, 하유찬! 멍청하게 가만있지 말고 너도 뭐라고 말해!"

"두, 둘이 환상의 커플이네."

"생일까지 같은 거 보니까 완전 소울 메이트야."

마지못해 하유찬이 시선을 엉뚱한 데 두고 더듬거리며 말하자 석근수도 한마디 덧붙인다. 그때였다.

"평생 그렇게 지질하게 살아라."

김완이가 이제껏 들려준 적 없는 음산한 목소리로 말하고는 피식 웃는다. 평생 지금처럼 살라니, 그것만큼 두려운 저주는 없을 것 같다. 그런데 김완이의 아까 그 표정, 어디서 봤더라.

'넌 영원히, 내 밥이야.'

영원과 평생을 내뱉는 음산한 목소리가 겹친다. 영원히 내 밥이야. 영원히 내 밥이야……. 숨통이 옥죄어 온다. 어느새 나는 공사가 중단된 건물 2층에 가 있다. 철근과 목재가 널브러져 있는 황량한 풍경, 시멘트 냄새……. 심장이 벌렁거린다.

"여기서 뛰어내리면 더 이상 괴롭히지 않을게. 맹세해."

난 망설인다. 그건 정말 거부하기 힘든 유혹이다.

"못 뛰어내리면 넌 영원히, 내 밥이야."

나는 난간에 선다. 그 애의 손아귀에서 벗어나고 싶다. 아래를 내려다본다. 아찔하고, 오금이 저린다.

"겁쟁이!"

초등학생이라고 하기엔 너무도 섬뜩한 그 애의 웃음소리가 기억난다. 그리고 그때처럼 악령의 속삭임을 듣는다.

잡아. 밀어. 같이 떨어져.

무엇엔가 홀린 듯이 손을 뻗었던 기억. 설마 그 애가? 그 애 이름이…… 순간 목덜미가 뻣뻣해진다. 그래, 그 애 이름은…… 김완이였다. 숨겨져 있던 기억들이 순식간에 팽창한다. 그때 김완이의 표정과 먹구름 끼었던 날씨와 주변의 소음까지도. 가슴속에 회오리바람이 몰아치는 것 같다.

내가 과거의 기억에 사로잡혀 있는 동안 김완이가 다리를 살짝 절며 골목을 벗어난다. 나는 멍하게 김완이의 뒤를 따라간다. 우리는 학교를 향해 걸어간다.

보건실 문을 열자 퇴근 준비를 하던 보건 선생님이 깜짝 놀라 재빨리 김완이의 무릎에 거즈를 댄다. 거즈는 곧 빨갛게 물든다. 연락을 받은 담임이 급히 달려와 김완이의 상태를 확인한다.

"다행히 피는 멎었어요. 여기 2센티미터가량 찢어졌네요. 일단 빨리 병원에 가서 꿰매야 할 것 같은데."

보건 선생님 말에 담임은 푸 한숨을 쉰다. 그러고는 김완이에게 엄마 전화번호를 묻고 바로 전화를 건다.

"예, 예. 완이가 다쳤어요. 지금 올 수 있으신가요?"

담임은 진상을 묻지 않는다. 김완이도 조용하다. 당사자는 가만히 있는데 내가 나서기가 뭣해 나 역시 침묵을 선택한다.

"한 10분 정도요? 예, 예. 그럼 기다리겠습니다."

보건 선생님이 김완이한테 이것저것 증상을 물어본다. 김완이는 고개를 젓거나 끄덕이는 것으로 대답을 대신한다. 복잡한 머릿속에서 외침 소리가 들린다. 말해야 해. 말해야 해. 지금이 아니면 고백할 기회는 영영 사라지고 말 것 같다.

"김완이, 누가 넘어뜨린 거예요."

"뭐? 누구?"

나는 심호흡을 하고 길고 긴 이야기를 시작한다. 지난번 릴스 사건 외에 알려지지 않은 괴롭힘부터 한때 내가 저질렀던 몹쓸 짓까지 빼놓지 않고 덤덤하게 고백한다. 그것만으로도 가슴에 촘촘하게 쳐져 있던 빗장이 약간 헐거워진 느낌이다. 담임의 표정은 복잡 미묘하다.

얼마 뒤, 김완이 엄마가 헐레벌떡 보건실로 뛰어온다. 나는 급히 몸을 돌려 세면대에서 손을 씻는 척한다.

"완이 어머님?"

담임이 김완이를 일으켜 세우며 말한다.

"예. 아이고, 어쩌다가."

거울을 통해 본 김완이 엄마의 얼굴에 미세한 경련이 인다.

"자세한 건 나중에 말씀드릴게요. 우선 병원에 데려가서 치료부터 받아야 할 것 같습니다."

김완이 엄마는 걱정이 가득한 표정으로 김완이를 부축하고 밖으로 나간다. 보건실을 나서는 김완이와 눈이 마주친다. 고개를 숙이려는데 김완이가 살짝 미소를 지어 보인다. 하지만 나는 미소 짓지 못한다. 자괴감이 온몸을 덮친다. 학교를 벗어나는데 하유찬한테 전화가 걸려온다. 통화할 기분이 아니어서 나는 수신을 거부한다.

다음 날 아침, 조회 시간이 되었는데도 하유찬 자리는 비어 있다. 어제 하유찬한테서 전화가 세 통 걸려 왔다. 끝까지 받지 않자 긴 문자가 왔다. 나는 밤새 그 문자의 의도와 하유찬의 진심이 뭔지 생각하느라 잠을 설쳤다.

담임이 교실 출입문을 열자마자 굳은 표정으로 소리친다.

"석근수, 앞으로 나와!"

곧바로 추궁이 이어진다. 석근수는 나를 노려보며 걸어간다.

"솔직하게 말하자. 김완이 다친 거 네가 그랬니?"

석근수는 떨떠름하게 대답한다.

"증거 있어요?"

"증인 있어."

"누구요? 임우제요? 걔가 거짓말했을 수도 있잖아요."

석근수는 바지 주머니에 손을 넣고 다리를 달달 떨며 말한다. 석근수의 불량한 태도에 담임이 차갑게 대꾸한다.

"너 이대로는 안 되겠다. 일단 생활 지도실에 가 있어."

교실은 쥐 죽은 듯 조용하다. 최슬기가 실수로 떨어뜨린 필통이 폭탄 터지는 소리보다 더 크게 들린다. 한숨이 나오고 학교에 괜히 왔다는 생각이 또 든다.

한참 뒤, 담임이 손으로 뒷목을 누르며 교실로 돌아온다. 나는 가방을 멘 채 앞으로 나간다.

"샘, 저……."

"그래, 알았다. 조퇴해라."

나는 고개를 꾸벅 숙이고 교실 문을 연다. 계속 공사가 중단된 건물 2층의 환영이 보인다. 나를 괴롭혔던 그 애, 김완이의 그림자가 불쑥 떠오른다.

그때 나는 김완이를 괴물로 생각했다. 그런데 어쩌다 내가 괴물이 되었을까. 더욱이 지금은 한낱 다른 괴물의 먹잇감에 불과하다. 김완이는 알고 있었을까. 내가 그때 그 애라는 걸. 그래서 내가 괴롭힐 때마다 말없이 고통을 고스란히 받아 낸 걸까. 아, 어쩌다가, 도대체 어쩌다가……. 석근수와 하유찬 말처럼 나는 정말 랑켄일까.

창조주한테 버림받은 피조물 프랑켄슈타인은 사실 이름이 없다. 그 괴물을 만든 과학자 이름이 빅터 프랑켄슈타인이다. 수업 시간에 함께 배웠으면서 기억이 안 나는 모양이다. 아니면 딴짓했거나. 하지만 그딴 건 중요하지 않다. 나를 그 괴물로 여겨 하는 말일 테니까. 나는 괴물이 매번 사람들한테 거절당할 때 느꼈을 외로움과 두려움의 무게를 생각한다. 나는 복수를 꿈꾸는 괴물과 다르다. 누군가를 평생 원망하며 살아갈 자신이 없다. 그건 나를 사지로 몰아넣고 파멸로 이끄는 길이라는 걸 안다.

정신을 차려 보니 어느덧 집이고, 나는 현관문을 열고 있다. 침대에 눕자마자 핸드폰을 꺼낸다. 그리고 며칠 전 문자 메시지를 확인한다.

> 괜찮아?

김완이의 문자는 그대로 남아 있다. 나는 늦은 답장을 보낸다.

> 괜찮아?

매 순간 답장을 기다린다. 수시로 핸드폰을 확인하면서 한숨을 쉰다. 자정에 가까운 시각, 드디어 답장이 온다.

> 난 내가 싫어
> 좀비라는 말도
> 아침이 오는 것도
> 그리고… 옛날 일들도

가슴속으로 찬 바람이 휘몰아친다. 붕어빵 손난로가 간절한 순간이다.

17. 온기

　엄마는 휴직을 연장하기로 한 모양이다. 그 사실을 알고 나는 과식해서 체한 것처럼 속이 더부룩하다. 엄마는 주로 차를 마시고 독서하면서 시간을 보낸다. 무슨 생각인지 나에 대한 집착을 버렸다는 기분이 들자 오히려 내가 엄마 주위를 서성거린다. 늦은 시각에 학교에 가도, 이른 시각에 조퇴를 해도 엄마는 참견하지 않는다. 엄마의 휴직 결정은 나를 두 번 죽이는 거라던 예측은 빗나간다.

　집 안에도 작은 변화가 생긴다. 칙칙했던 남색 거실 커튼은 상아색으로 바뀌고 가구 배치도 바뀐다. 그렇다고 마음속에 시뻘겋게 슬었던 녹이, 시퍼렇게 들었던 멍이 감쪽같이 사라지는 건 아니다.

온몸이 녹지근해 일찍 잠자리에 든다. 악몽과 싸우다가 먹물을 뒤집어 쓴 것처럼 사위가 깜깜한 밤에 깨어난다. 이마와 목에 끈적끈적한 땀이 맺혀 있다.

화장실로 직행한다. 조도가 낮은 센서등이 켜진다. 손가락으로 머리칼을 쓸어 올리고 천천히 거울을 향해 고개를 든다.

거울에 비친 내 얼굴. 자기혐오에 빠진 듯 나는 그 자리에 주저앉아 흐느낀다. 이제는 정말이지 좀비도 랑켄도, 과거의 임우제도 싫다. 백번 생각해도 괴물은 내 취향이 아니다. 속이 뒤집혀 구역질을 하고 만다.

"무슨 일이야, 응?"

환하게 불을 밝힌 엄마가 내 등을 쓸어내리고 나를 부축해서 침대에 뉜다. 이불을 여며주고 가슴을 몇 번 토닥이더니 방문을 닫고 나간다.

한참 뒤척이다가 겨우 잠이 들락 말락 할 때, 엄마의 흐느낌 소리를 듣고 벌떡 일어난다. 극도로 예민해진 신경은 작은 소음에도 나를 깜짝깜짝 놀라게 한다.

"여보, 나 어떡해. 우제 얼굴을 똑바로 볼 수가 없어."

엄마는 울먹울먹하더니 갑자기 통곡하기 시작한다.

"애 깨겠어. 그만 울어. 응?"

아빠가 엄마의 등을 다독이는 것 같다.

"우제 엄마, 앞으로 내가 더 잘할게. 일단은 애부터 살리고 봐

시다."

 엄마가 가슴을 쿵쿵 치는 것 같다. 나도 왈칵 눈물이 쏟아진다. 베개에 얼굴을 묻지만 울음소리가 자꾸 새어 나온다. 엄마를 달래는 아빠 목소리에 나도 모르게 안도의 한숨이 나온다. 잠이 쏟아진다.

 눈을 뜨니 아침이다. 모처럼 몸이, 몸보다 마음이 더 가뿐하다.
"아침은?"
 나는 고개를 젓는다.
"샌드위치라도 싸 줄까?"
 엄마는 이제 어떻게든 먹이려고 안달복달하지 않는다. 나는 식욕이 없지만 순전히 예의상 고개를 끄덕인다.
"어? 그래. 잠깐만. 금방 만들어 줄게."
 엄마가 반색하며 냉장고를 뒤진다. 엄마한테 뭔가 말하고 싶다. 입이 달싹이지만 여전히 떨어지진 않는다. 아직은 시간이라는 묘약이 좀 더 필요할 것 같다.
"반지."
"어?"
"내 반지."
"어, 반지? 잠깐만."
 엄마가 안방 화장대 서랍을 열더니 커플링을 내민다.
"많이 찾았니? 내가 치우고는 정신이 없어서 깜빡했어. 신비라고 했나? 언제 집으로 한번 초대해."

엄마가 미소를 띠고 냉장고에서 식빵을 꺼낸다. 재료가 준비되어 있었는지 몇 분 안에 샌드위치를 만들어 낸다. 나는 이따가 배고플 때 먹겠다며 가방에 챙겨 넣는다.

집을 나서기 전, 무슨 의식처럼 담쟁이 쪽으로 눈길을 돌린다. 지금은 겨울이라 죽은 듯 잠들어 있지만, 누가 관심을 주지 않아도 언제나 제 갈 길을 가던 담쟁이. 내년 봄에 물이 돌고 보들보들한 새싹이 돋으면 반갑게 인사하고 진심으로 용서를 구해야겠다고 마음먹는다.

나는 오늘도 학교에 간다. 학교에 미련이 남아서는 아니다. 3학년 진급을 결정하는 출석 일수는 나한테 무의미한 숫자에 불과하다. 그렇다면 나를 학교로 이끄는 건 무엇일까. 그곳에서 풀어야 할 숙제가 아직 남아 있어서일까?

학교 운동장을 가로지르다 무심결에 하늘을 올려다본다. 먹구름이 무겁게 내려앉아 있다. 며칠 전의 새파란 하늘이 떠오른다. 그리고 지금은 잔뜩 찌푸린 하늘. 조바심을 내지 않아도 시간이 지나면 다시 맑게 갠 얼굴을 내밀 거다. 멀리서 바라보니 교실 안에 환하게 불이 켜져 있다.

드르륵, 교실 문을 연다. 김완이가 자리에 앉아 수학 문제집을 풀고 있다. 난 주춤거리며 다가가 김완이 책상 위에 샌드위치 한

조각을 올려 두고 내 자리에 앉는다. 돌려주거나 쓰레기통에 버리면 어쩌나 걱정했는데, 김완이는 포장을 뜯고 샌드위치를 먹는다. 나도 한 입 베어 문다. 포장지 뽀스락거리는 소리가 유난히 크게 들려 신경이 쓰인다.

이런저런 상념에 사로잡혀 있을 때 교실 앞문이 드르륵 열린다. 소리가 요란스럽다.

"아주 깨가 쏟아지네. 둘이 사귀냐?"

석근수가 눈을 부라리고 으르렁대지만 한풀 꺾인 말투다.

"석근수! 너 어제 무단 조퇴 했더라. 전화해도 안 받고 부모님도 연락 안 되고. 학교가 너 가고 싶으면 가고, 오고 싶으면 오는 놀이터야? 제멋대로 할 거면 학교 왜 다녀?"

언제 왔는지 담임이 교실 출입문에 기댄 채 야단을 친다.

"아, 씨. 제가 뭘요!"

석근수가 어울리지 않게 볼멘소리를 한다.

"얼른 따라와. 당분간 교실 쪽으로 접근 금지야. 이유는 알지?"

가해자와 피해자 사이 분리 조치가 결정된 모양이다.

"오늘 오후에 선도 위원회 열리면 결정되겠지만 최소 사회봉사 일주일 정도는 각오해야 할 거야. 그것도 김완이 어머니가 선처를 베풀어 주신다는 전제 하에. 참, 너 학기 초에 징계받은 적 있지. 가중 처벌 받을 수도 있겠다. 이번 벌이 너한테 약이 될지 독이 될지는 순전히 너한테 달렸어."

담임 말에 석근수는 굳은 얼굴로 교실을 벗어난다. 하유찬은 오늘도 결석했다. 그리고 나는 아직 하유찬의 제안을 고민 중이다. 뭐가 최선인지 좀 더 신중을 기하고 싶다.

대체로 조용한 하루다. 아무도 김완이와 나를 건드리지 않지만 교실은 여전히 가시방석이다. 나는 오늘 조퇴하지 않는다. 청소도 한다. 손걸레를 들고 창틀을 닦는다. 반장이 말한다.

"야, 비켜. 넌 안 해도 돼."

나는 반장 말을 흘려들으며 하던 일을 마저 하고 끝낸다.

김완이한테 집에 갈 때 같이 가자고 할까 망설이다가 결국 말을 못 건넨다. 주저하고 있는데 예찬이가 다가온다.

"웬일? 조퇴 안 했어? 난 그냥 혹시나 해서 와 봤는데."

나는 피식 웃어 준다.

"이제 교회는 안 다녀?"

당분간 교회는 발을 끊을 생각이다. 이모가 섭섭해해도 어쩔 수 없다. 내가 아무 말이 없자 예찬이도 더는 캐묻지 않는다.

"잠깐만."

난 빗자루로 계단을 쓸고 있는 김완이한테 말을 꺼낸다.

"같이…… 안 갈래?"

"어? 저기…… 그러니까 난……."

김완이 얼굴에 난처한 기색이 역력하다.

"알았어. 그럼 담에. 나 먼저 간다."

예찬이와 교문을 벗어난다. 갑자기 누군가 내 어깨를 툭 친다. 신비가 학원 차를 타며 알은체한다.

"좋아 보인다."

"어? 어."

나는 멋쩍게 대답한다. 신비와 팔짱을 낀 최슬기가 웃으면서 우우, 한다. 신비는 창문 밖으로 손을 내밀어 흔든다. 아, 맞다. 감귤 초콜릿. 난 즉시 문자를 보낸다.

> 초콜릿 고마워 잘 먹을게

가방 속에 있는 초콜릿을 꺼내 예찬이와 나눠 먹는다. 달콤함이 입 안 가득 번진다.

> 빨리도 인사한다

신비에게 보낼 답 문자를 생각하며 주머니 속에 있는 붕어빵 손난로를 쥔다. 손난로는 여전히 따뜻하다. 물끄러미 횡단보도 건너편을 바라본다. 줄지어 선 가로수들이 눈에 들어온다. 언뜻 메마르고 스산해 보여도 추위를 맨몸으로 맞서는 겨울 가로수는 단단할 것 같다. 나도 단단해지고 싶다.

18. 선택의 무게

 온 가족이 모여 함께 저녁을 먹는다. 백만 년 만에 먹는 것처럼 부자연스럽다. 나는 군소리 없이 만찬에 참석한다. 오가는 말은 거의 없고 엄마 아빠는 내 눈치만 살핀다. 특별 보호를 받는 것 같기도 해서 나는 좀 거북하다. 왕래가 드문 친척 집의 손님이 된 기분이랄까.
 식사를 마친 나는 먼저 자리에서 일어난다. 밥을 반 넘게 남겼지만 엄마 아빠는 뭐라하지 않는다. 나는 방으로 돌아와 침대에 눕는다. 김완이의 마지막 말이 떠오른다.
 '어? 저기…… 그러니까 난…….'
 내가 말허리를 자르는 통에 못 들었던, 마지막 말은 무얼까. 그때 문자 수신음이 들린다.

> 아이패드는 내 사물함에 있어
> 한 번도 쓴 적 없어
> 미안해
> 비번은 내 생일
> 너랑 같은 날짜야

패드? 불현듯 김완이를 골탕 먹이려 했던 일이 떠오른다. 도둑 누명을 씌우려던 연극은 우리의 각본대로 되지 않았다. 김완이 사물함에 있어야 할 패드가 감쪽같이 사라졌을 때, 귀신이 곡할 노릇이라고 생각했는데 김완이 짓이었다니. 데몬스의 행태를 다 알고 있었나. 뒷덜미에 소름이 돋는다.

> 보호자 동행 체험학습 신청했어
> 엄마도 나도 정리할 게 있어서
> 함께 여행도 하고

나는 김완이가 정리를 잘하고 무사히 돌아오기를 소망한다. 그러고 보니 김완이와 나 사이에도 정리할 게 남아있다. 아무래도 그 정리의 첫 순서는 사과일 테지. 나는 떨리는 손으로 글자판의 자음과 모음을 조합한다. 지우다 쓰다를 반복한다. 이런 일에 서툰 나 자신이 어쩐지 부끄럽고 후지다.

> 미안...

고심 끝에 전송 버튼을 누른다. 더 이상의 구구절절한 말은 거추장스럽다. 한참 뒤에 기다리던 답 문자가 온다.

> 사실 나 너를 원망할 자격도
> 너한테 사과받을 자격도 없다는 거 알아
> 내 잘못에서 시작된 일이니까
> 많이 늦었지만 나도 미안...

김완이는 다 알고 있었다. 내심 기억하지 못하기를 바랐는데. 언제부터 알아챘을까? 그 옛날 자신과 흡사한 내 모습을 보고 얼마나 기가 막혔을까?

온몸의 피가 차갑게 식는 기분이다. 사고 이후 김완이는 어떤 삶을 살았을까? 나를 괴롭혔던 걸 후회했을까? 김완이를 지금껏 버티게 한 건 무엇일까? 내가 김완이의 인생에 개입했다는 불편한 진실에 발가벗겨지는 듯한 느낌이 든다.

언제 잠들었지? 핸드폰 진동이 울려 눈을 뜬다. 하유찬한테서 온 문자다. 첨부한 동영상 파일이 여러 개다. 내가 확답을 주지 않자 파일을 먼저 보낸 모양이다. 파일을 하나씩 열어 본다. 그동안 공개되지 않은 석근수의 악행이 고스란히 담겨 있다. 영상 속

등장인물은 석근수와 김완이다. 내용을 보면 하유찬이 작정하고 찍은 의도가 보인다. 석근수의 괴기스러운 웃음소리와 김완이의 가냘픈 신음 소리가 불협화음을 이루며 화면을 채운다. 불편하지만 나는 끝까지 본다. 찌르면 누구든 가슴에 가시가 박힌다는 사실을 석근수는 아직 모르고, 나는 이제 안다. 나는 화면 일시 정지 버튼을 누르고 석근수의 악의 가득한 눈빛을 바라본다.

> 너도 무사하지 못할 텐데?

> 괜찮아

> 잘못했으니까 벌 받아야지

하유찬의 확신에 찬 듯한 말에 가슴이 뛴다. 나는 가능하면 끝까지 치부를 숨기고 싶었다. 그게 까발려지는 건 보통 용기로는 어림없는 일이니까. 괜찮아. 잘못했으니까 벌 받아야지. 하유찬의 육성으로 재생되는 말에 불순했던 마음은 속수무책으로 무너진다. 나는 이를 악물고 주먹을 불끈 쥔다. 두렵지 않은 건 아니지만 사실 선택의 여지가 없다. 아니, 김완이와 나를 위한 최선의 선택지는 하나뿐이다.

나는 하유찬이 보낸 문자에 '좋아요'를 꾹 누른다. 하유찬의 코믹한 표정과 제스처가 떠올라 피식 웃음이 새어나온다.

이따가 자정이면 유튜브 채널 '데몬스'에 업로드된 동영상들이 다 공개 설정될 거다. 막상 결심하고 보니 생각보다 덤덤하다. 앞으로 꽤나 시끄러워지겠지. 마무리 수순을 밟고 있을 학교 폭력 사안은 재점화될 것이고 인터넷을 뜨겁게 달굴지도 모른다. 나와 하유찬은 손상과 타격을 입을 테지만 그건 선택에 대한 무거운 책임이다. 그 위에 새로운 시작이 설 자리가 생길 테고.

고대 바빌로니아의 서사시에 나오는 영웅 길가메시는 친구의 죽음을 목도하고 죽음을 극복하고자 영생의 풀을 찾는다. 풀을 찾아 돌아오는 길에 잠든 사이 뱀에게 풀을 빼앗긴다. 결국 중요한 건, 어떻게 살 것인가의 문제. 나는 죽다 살아났다. 아직 살 가치가 있다는 신의 계시일까. 그걸 증명해 보는 낙으로 살고 싶다. 이건 내 선택이다. 그리고 그 선택의 무게는 가볍지 않다.

나는 창문을 연다. 찬 바람이 들어와 방심하고 있던 가슴속을 파고든다. 여전히 답을 얻지 못한 수많은 질문들이 바람을 타고 허공을 맴돈다. 그걸 하나씩 낚아서 도장깨기 하듯 답을 찾아 보고 싶다. 뭔가에 긁히더라도 더 이상 도망치지 않고 대면해 보려고 한다. 마치 그게 살아갈 이유처럼 느껴진다.

작가의 말

폭력이 난무하는 세상이다. 이는 학교라고 별반 다르지 않다.

폭력은 상대적이다. 사소한 말실수나 경멸 어린 표정조차 누군가에게는 폭력으로 다가온다. 혹은 상대에게 폭력을 저지르고도 장난이라 생각하기도 한다. 잘못을 인정하고 진정성 있게 사과하면 더 큰 폭력으로 이어지지 않지만 그걸 싸움에서 지는 거라고 여기는 경우가 있다. 그래서 상대방의 말을 귀담아듣지 않거나 오히려 큰소리치기도 한다. 일은 복잡해지고 관계는 엉망이 된다. 편견이나 고집, 자존심 때문에 소통의 물꼬를 트는 건 난도 높은 시험 문제와도 같다.

폭력은 가해자와 피해자 모두의 삶을 흔든다. 사태가 걷잡을 수 없이 커지면 결국 다치는 건 우리의 마음이고, 이는 쉽게 회복할 수 없다.

작은 일에도 쉽게 스트레스를 받고 분노를 표출하는 아이들이 있다. 공감에는 인색하고 감정을 날카롭게 드러내는 데는 거리낌이 없다. 또 수위 높은 폭력 장면에 무방비로 노출되는 탓에 양심과 죄책감의 날이 점점 무뎌지기도 한다. 사회 시스템이 제대로 작동되지 못하고 있다는 방증이며 중요한 것을 놓치고 있다는 불길한 징조다. 성적, 외모, 재력 등으로 점수를 매기고, 강자와 약자를 나누는 사회가 지속되는 한 폭력의 문제를 바로잡기 힘들 것이다.

사실 폭력을 보고도 그냥 넘어가는 사람이 많다. 사소한 해프닝이라 여기거나, 누군가 고통을 호소해도 그 사람의 기준이 아닌 나의 잣대로 판단하기 때문에. 그러나 상처가 곪다 보면 언젠가는 터지기 마련이다. 상처가 터진 뒤에 바로잡으려 한다면 아주 오랜 시간이 걸리거나, 혹은 오랜 시간이 걸려도 치유할 수 없을지 모른다.

『나는 학교에 가지 않았다』의 좀비와 랑켄은 당연히 괴물이 아니다. 좀비와 랑켄을 괴롭히는 아이들 역시 괴물이 아닐지 모른다. 진짜 괴물은 폭력에 무뎌진 아이들을 방관하는 우리 사회일지도 모른다.

아침 조회 시간, 교실에서 아이들의 말간 얼굴을 가만히 바라본다. 이 아이들이 어떻게 성장해 갈까. 어느 순간 실수를 저지르더라도 그것을 바로잡을 기회를 통해 삶의 오점으로 남기지 않기를, 그리고 무엇보다 누군가에게 짓밟히고 상처받지 않으며 자라기를 바라는 마음을 담아 건넨다.

"오늘도 친구랑 사이좋게 지내."

정연철